Impressum

Bibliografische Information der Deutschen Nationalbibliothek:

Die Deutsche Nationalbibliothek verzeichnet diese Publikation in der Deutschen Nationalbibliografie; detaillierte bibliografische Daten sind im Internet über http://dnb.dnb.de abrufbar.

© 2021 Ilena Grote

Herstellung und Verlag: BoD-Books on Demand, Norderstedt

ISBN: 9783753420509

Im Jahr der Masken

von Ilena Grote

Silvester 2020/2021

Rieke ließ sich in den Sessel fallen. Geschafft, dachte sie erleichtert. Wieder ein Jahr vorüber. Beim Glockenläuten um Mitternacht hatte sie einen Freudenschrei unterdrückt. Nicht wie zu den vorherigen Jahreswechseln, bei denen immer ein paar Tränen geflossen waren.

So oder so - weniger emotional wäre auch genug gewesen - das war ihr bewusst. Aber sie konnte nicht aus ihrer Haut. Jedes Mal, wenn sie mit einem Ereignis konfrontiert wurde, das sie berührte, hatte sie einen Kloß im Hals und rang um Fassung. Dabei war es egal, ob es sich um ein schönes Erlebnis wie die Hochzeit ihres Sohnes im August oder um ein weniger schönes wie die ständigen Streitereien mit ihrem Mann drehte. Ob sie sich auf einer Beerdigung befand oder ob es sich um etwas so Banales wie den Klang der Glocken zum Jahresanfang handelte. Mit Ironie oder Sarkasmus suchte sie ihre Gefühle zu überspielen. Das vergangene Jahr hatte ihr zusätzlich noch so viel mehr abverlangt. Sie stieß gerne darauf an, dass es endlich ein Ende damit hatte. Obwohl sie nicht wusste, was das kommende für sie bereithalten würde, aber der Beginn dieses neuen Jahres war ein Grund für sie zu jubeln.

Dabei hatte der Start des Jahres 2020 glauben lassen, dass endlich etwas Ruhe einkehren würde.

Selbst als diese schreckliche Infektionskrankheit die Welt in Aufregung versetzte, hatte sie gehofft, dass es sich dabei um ein vorübergehendes Ereignis handeln würde. Wer konnte vor einem Jahr ahnen, wie drastisch sich das Leben für alle Menschen verändern sollte. Rieke schenkte sich ein Glas Rotwein ein, lehnte sich in ihrem Sessel zurück und verlor sich in Gedanken.

Rückblick:

Silvester 2019/2020

Ben und Mona kamen mit ihren Partnern und Familien gleichzeitig am Haus der Eltern an. Die beiden Kinder von Friederike und Matthias waren in ihrem Heimatdorf geblieben, obwohl ihre ehemaligen Mitschüler sich nach und nach von dort verabschiedet hatten.

Mona war mit ihrem Mann Helge und den zwei Kindern Kasimir und Jonathan zur Miete in eine kleine Wohnung gezogen.

Ben hatte gerade das Haus der Großeltern übernommen und renovierte es gemeinsam mit seiner Freundin Anna.

Jeder lebte sein eigenes Leben, ging seiner Arbeit nach, hatte Hobbys und Freunde und trotzdem nahm man sich Zeit, die Feiertage bei den Eltern zu verbringen. So war es regelmäßig an Ostern, am Heiligen Abend und zu Silvester. Friederike genannt Rieke fragte sich, was die Kinder im Dorf hielt. Es gab nichts, das für junge Leute hier von Interesse sein könnte. Zu ihren jeweiligen Arbeitsstellen fuhren sie mehrere Kilometer und um ins Kino oder in die Disco zu fahren, mussten sie in die nächste Stadt. Als Mona und Ben noch jünger waren und keine eigenen Führerscheine besaßen, hatten sie mit befreundeten Paaren Fahrgemeinschaften gebildet. Ab und zu war Rieke dran gewesen, sie abzuholen. Die nächtliche Tour war immer ein Problem, weil sich dafür nur wenige Eltern bereitfanden. Matthias winkte jedes Mal ab. Er meinte, wenn er schon den ganzen Tag arbeiten müsse, dann bräuchte er wenigstens nachts seine Ruhe. Dass Rieke sich um den kleinen Hofladen und das Haus mit dazugehöriger Ferienwohnung kümmerte, Essen kochte und auch die Buchhaltung erledigte, das sah er nicht. Aber Rieke hatte sich arrangiert. Ab und an platzte ihr mal der Kragen und sie polterte darauf los, hielt ihm vor, er sei ein Egoist, der sich nur um sich selber kümmern würde und dem das Leben der anderen egal sei. Dann schrie er zurück, sie könne ja gehen, dann würde sie mal sehen, wie das sei, wenn man Verantwortung tragen müsse.

Rieke ertrug alles. Nicht weil sie ihm zustimmte, sondern weil sie wusste, dass all das, was sie sich gemeinsam geschaffen hatten, auch nur gemeinsam erhalten werden konnte. Einer allein konnte die Last nicht tragen. Sie waren aufeinander angewiesen. Und mit Mitte/ Ende fünfzig nochmals von vorn anzufangen, dazu fehlte es ihr an Kraft.

An diesem Silvesterabend hatte es zwischen den beiden wieder gekracht. Aber der Rauch war schnell verflogen, als die Kinder das Haus betraten. Die Enkel umarmten Rieke. Sie liebten sie und kamen häufig zu Besuch. Schließlich konnten sie in den Scheunen und auf dem Gelände herumtollen, ohne gestört zu werden.

Rieke ließ sie gewähren und achtete nur darauf, dass sie sich nicht verletzten. Wenn Opa Matthias mit den beiden auf das Feld fuhr, dann durften sie links und rechts neben ihm auf den Kotflügeln der großen Reifen sitzen. Alle waren begeistert von ihrem Tun. Das waren die wenigen Momente, in denen Matthias nicht schimpfte. Rieke genoss die Zeit mit Kasimir und Jonathan.

Die Jacke noch in der Hand fragte Mona aufgeregt, ob Rieke die Nachrichten gesehen hätte. Ihre Mutter ignorierte die Frage und winkte die Gesellschaft von der großen Diele ins Wohnzimmer. Matthias, der auf der alten Couch gelegen hatte, quälte sich unter Stöhnen hoch um die Gäste zu begrüßen.

„Ach Papa", sagte Mona mitleidig. „Geht es dir nicht gut? Bleib doch liegen. Soll ich dir was bringen?"

Rieke und Ben verdrehten die Augen. Mona und ihr Vater. Die beiden waren wie Pech und Schwefel. Das war schon immer so gewesen. Schon als Mona noch ein Kind gewesen war, hatte Matthias sich mehr um Mona gekümmert als um alles andere. Auf seine Mona war Matthias besonders stolz. Sie war seine kleine Prinzessin und konnte sich auf seinen Schutz immer verlassen. Mona dankte es ihm mit Loyalität. Sie wusste, dass sie bei ihrem Vater einen besonderen Stellenwert hatte. Deshalb nahm sie sehr viel mehr Rücksicht auf seine Befindlichkeiten als Rieke es tat. Dennoch konnte Mona verstehen, dass seine Art für ihre Mutter oft unerträglich war.

„Papa, schalte doch mal um. Guckst du schon wieder diese Sendung. „Dinner for one". Das hat doch schon einen Bart. Das können wir doch alle schon mitsprechen. Guck, gleich stolpert er wieder über den Bärenkopf." Mona nahm den Fernsehschalter in die Hand.

„Das ist ein Tiger, Schwesterlein", spöttelte Ben. „Bio war nicht so deine Stärke, oder?"

„Bio war nicht so deine Stärke", äffte Mona ihm nach. „Dafür war ich in Erdkunde immer besser als du. Jetzt guckt euch das mal an." Mona zappte sich durch die Programme. „Wo ist es denn? Da schau, da läuft es." Sie hatte gefunden, nach was sie gesucht hatte.

Alle sahen gespannt auf den Bildschirm und erstarrten. Gezeigt wurde ein Strand, auf dem Menschen aufgebahrt waren. Dicht an dicht hatte man sie gelegt. Frauen und Männer, Kinder und Jugendliche. Es war erschreckend. Rieke schlug sich die Hand vor das Gesicht. Als Nächstes zeigte man einen Mann, der von der Polizei abgeführt wurde. Er trug eine Kapitänsuniform. Der Reporter berichtete, dass der Führer eines Frachters in Griechenland verhaftet worden sei, weil er in Seenot geratene Flüchtlinge aufgenommen hatte und diese so an Land bringen wollte. Ein zweites Boot mit Flüchtlingen war von der Marine immer wieder zurück aufs Meer gebracht worden. Dort war es gekentert.

„Oh, wie schrecklich", meinte Rieke erschüttert.

„Wer sich in Gefahr begibt…", stellte Matthias nüchtern fest.

„Wie kannst du so etwas sagen, Papa. Die armen Menschen, die dort liegen, die haben sich doch nicht zum Spaß auf die Reise begeben. Was muss in Syrien oder anderswo geschehen sein, dass die diese Strapazen auf sich nehmen?"

„Ich verstehe nicht, dass die nicht zu Hause bleiben." Ben tat, als ob ihn das alles nichts anginge. Er hatte Hunger und saß schon am Esstisch.
Rieke antwortete: „Aber Junge in Syrien ist Krieg. Zustände wie im Krieg können wir uns hier nicht vorstellen und wollen wir auch nicht."

„Na und? Dann würde ich da bleiben und um mein Land kämpfen", Ben schnaufte abfällig.

„Das sagt einer, der nicht gedient hat", Helge sah ihn missbilligend an.

„Ob ich gedient habe oder nicht, das spielt doch hier wohl keine Rolle."

„Natürlich spielt das eine Rolle", entgegnete Helge. „Was willst du denn machen, wenn hier ein Krieg ausbricht. Das ist nicht wie in einem deiner Computerspiele. Willst du dir vom Schießstand eine Waffe holen und wild um dich schießen? Dass du treffen könntest, das will ich gar nicht abstreiten. Aber einfach nur unkontrolliert ohne Befehl um sich knallen, das ist ja Selbstjustiz."

„Was heißt hier Selbstjustiz. Wenn einer mich oder meine Familie bedroht. Dann habe ich doch wohl das Recht, mich zu wehren."
Rieke merkte, wie Ben sich immer mehr aufplusterte. Den Vorwurf, dass er nicht zur Bundeswehr gegangen war, bekam er nicht zum ersten Mal zu hören.
Rieke versuchte, die Gemüter zu beschwichtigen: „Aber das eine hat mit dem anderen ja nichts zu tun. Hier gibt es seit mehr als siebzig Jahren keinen Krieg und wir hoffen, dass es auch so bleibt. So, und nun setzen wir uns alle an den Tisch. Das Fleisch für das Fondue bringe ich gleich."

Aber Ben und Helge ließen sich nicht so schnell beruhigen, wie Rieke es sich gewünscht hatte.

Jetzt mischte Matthias sich auch noch ein: „Und Helge? Man gut, dass Ben nicht gedient hat, sonst müsste er vielleicht auch noch nach Syrien, um dort wieder Ordnung zu schaffen. So wie du damals in den Kosovo musstest. Weißt du noch, wie viel Angst deine Frau damals um dich hatte? Und wie sehr es dich belastet hat, als du dein Testament schreiben solltest. Nur für den Fall, dass dir was passiert? Nee, nee. Es war schon richtig, dass Ben nicht eingezogen wurde."

Matthias nahm den Schalter in die Hand und knipste den Fernseher aus. „Dieses Fernsehen und immer diese schlechten Nachrichten. Das vermiest einem noch die gute Laune und sorgt am letzten Abend des Jahres für Streit. Jungs", damit wandte er sich an Kasimir und Jonathan „lasst die Schokolade liegen. Jetzt gibt es Essen."

Als alle am Tisch saßen, eröffnete Ben ihnen feierlich, dass er Anna einen Antrag gemacht hatte und sie hätte ja gesagt. Im August solle Hochzeit gefeiert werden. Ausnahmslos alle Familienmitglieder jubelten und beglück-wünschten sie zu ihrer Verlobung. Mona umarmte ihre zukünftige Schwägerin und wollte sofort alle Einzelheiten zum Antrag in Erfahrung bringen. Rieke freute sich. Endlich dachte sie bei sich, endlich hatte er die Richtige gefunden. Vielleicht würde jetzt ein wenig Ruhe in sein unstetes Leben einkehren.

Nach dem Essen holte Rieke die alten Kaffeetassen hervor, die aus Tradition an jedem Silvesterabend beim Bleigießen zum Abkühlen des Bleis verwendet wurden. „Jetzt wollen wir doch mal sehen, was das kommende Jahr für uns bring", meinte sie. „Nun, was wird es dir schon bringen? Eine Schwiegertochter, das haben wir ja bereits erfahren." Helge nervte dieses alljährliche Ritual. Er glaubte nicht an diesen Hokuspokus, wie er es nannte. „Ein Gewinn im Lotto wäre nicht schlecht. Dann könnte ich uns endlich ein neues Auto kaufen."

„Und ich würde dann vielleicht mal einen eigenen Computer bekommen", meldete sich der elfjährige Kasimir zu Wort.
„Vorher krieg ich aber ein neues Handy", mischte sich Jonathan ein.

„Was? Schon wieder?" Matthias runzelte die Stirn. „Was ist denn mit dem passiert, das ich dir geschenkt habe?"

„Das liegt auf dem Boden der Aller", feixte Kasimir sichtlich erfreut, dass er seinen errötenden Bruder anschwärzen konnte.

Ben nahm sich eine Tasse, deren Rand bereits angeschlagen war und besah sie sich gründlich. „Die hat ihre besten Zeiten auch schon hinter sich", sagte er. „Du kannst dir aber auch mal neue kaufen, Mama."

„Aber die sind doch noch gut. Zumindest für unsere Zwecke sind sie noch gut genug", antwortete Rieke.

„Ich dachte Bleigießen wäre verboten", meinte Anna.

„Ich weiß, aber ich hatte noch einen Rest. Den kann ich doch nicht wegwerfen. Für einmal Bleigießen reicht es noch. Dann müssen wir uns für das nächste Jahr etwas Neues einfallen lassen. Schade, das war immer so eine schöne Tradition", murmelte Rieke wehmütig. „Ich glaube nicht, dass wir etwas Ähnliches finden. Bleibt nur noch das Feuerwerk um null Uhr."

„Bis nächstes Jahr hat Greta uns das auch noch verboten", stichelte Matthias.

„Ach Papa, Greta Thunberg ist doch nur ein kleines Mädchen", seufzte Mona. „Die kann doch gar nichts verbieten."

„Nee," Matthias geriet in Rage. "Eben: Sie ist nur ein kleines Mädchen. Aber alle hören auf sie. Unsere Politiker plappern ihr fleißig nach. Jetzt sollen weniger Flüge stattfinden und weniger Autos fahren. Ich wüsste gern mal, wie die von A nach B käme, wenn sie weniger Zeit hätte."

„Ach Papa, reg dich doch nicht auf."

„Da soll man sich nicht aufregen? Die Autos kann man sowieso kaum noch bezahlen, weil sie so teuer geworden sind. Und dann kommt Greta auch noch mit ihrem Umweltschutz. Was soll das werden. Sollen meine Maschinen auch mit Batterie fahren und dann, wenn der Trecker auf dem Feld stehen bleibt, kann ich sehen, wie ich ihn geladen krieg. Was das alles wieder kostet."
„Von Treckern redet ja noch keiner", antwortet Mona. „Für mich ist das trotzdem keine gute Lösung mit der Batterie. Schließlich werden für deren Bau Unmengen an Wasser benötigt."

Helge stimmte seiner Frau zu: „Und was ist mit der Entsorgung. Oder wenn ein Unfall passiert. Ich hatte noch keine Schulung zum Thema „Sichern der Batterie, wenn das Auto brennt". Dennoch, – in Sachen Umweltschutz muss sich etwas ändern, sonst haben unsere Jungs auf dieser Erde keine Zukunft mehr."

Rieke betrachtete ihre Enkel. Dabei fielen ihr die Bilder aus den Nachrichten wieder ein. Sie musste schwer schlucken, als sie an die vielen ertrunkenen Menschen dachte.

Januar 2020

Wieder einmal hatte Rieke kaum geschlafen. Die Sorgen um die Kinder und die Angst um das liebe Geld ließen sie nicht zur Ruhe kommen. Ein Lichtblick war ihr Geburtstag gewesen, den sie zuerst im Kreis ihrer Familie und dann mit guten Freunden am Abend gefeiert hatte. Matthias hatte ihr wie jedes Jahr einen großen Blumenstrauß geschenkt. Anstatt sich darüber zu freuen, hatte Rieke gedacht: Er ist so berechenbar. Vor Jahren hatten sie abgemacht, dass sie sich keine großen Geschenke machen wollten, weil sie es sich nicht leisten konnten. Seitdem wartete sie darauf, dass er sie einmal mit einer Kleinigkeit überraschen würde. Aber das war bislang nicht geschehen und eigentlich hatte sie den Glauben daran bereits aufgegeben. Trotzdem glimmte zu bestimmten Festtagen immer noch mal ein Fünkchen Hoffnung auf.

In die Ferienwohnung waren gerade wieder neue Gäste eingezogen. Das Ehepaar Dammschild waren Stammgäste, die jedes Jahr im Januar aus Köln anreisten, um bei Rieke und Matthias drei Wochen Urlaub zu machen. Sie genossen die Ruhe und Besinnlichkeit in dem kleinen Dorf. Wenn das Wetter es zuließ, dann fuhren sie stundenlang mit dem Fahrrad und erkundeten die

Umgebung. Bernhard Dammschild hatte sich gerade ein neues Rennrad mit sieben Gängen gekauft, während seine Frau Trude mit einem alten Damenrad versuchte, mit ihm mitzuhalten. Trude Dammschild war eine schlanke und sportliche Frau. Nur die Falten an Gesicht und Händen ließen vermuten, dass sie schon weit über siebzig sei. Sie war während ihres Berufslebens als Lehrerin tätig gewesen. Mittlerweile waren beide Pensionäre und verbrachten ihre Zeit mit Reisen. Rieke hatte sie spontan eingeladen, dem Treffen mit ihren Freunden beizuwohnen.

So kam es zu einer kleinen, aber bunten Runde von Gästen, die sich abends bei Rieke einfanden. Zur Begrüßung wurde sich umarmt oder wenigstens die Hände geschüttelt. Luise und ihr Mann Hannes waren häufig bei Rieke und Matthias. Seit Jahrzehnten waren Luise und Rieke befreundet. Als die Kinder noch klein waren, hatte Luise immer auf dem Hof geholfen, um sich ein wenig dazuzuverdienen. Damals bewirtschaftete Matthias noch einige Felder und sie hielten ein paar Schweine und Hühner. Je nach Jahreszeit rodeten oder sortierten sie gemeinsam mit Luise Kartoffeln, zogen Rüben oder hakten auf den Feldern Unkraut. Wenn irgendetwas an den

Maschinen nicht funktionierte, schraubte Hannes dran herum. Manchmal kriegte er das Problem gelöst und Matthias war dankbar, dass er durch ihn viel Geld für den Monteur gespart hatte. Ohne die beiden wäre es nach dem Tod der Eltern, die bis dahin geholfen hatten, den Hof zu bewirtschaften, noch schwerer gewesen, als es sowieso schon war. Mittlerweile hatte Matthias die Landwirtschaft größtenteils aufgegeben, hatte sich als Fuhrunternehmer selbstständig gemacht und pflanzte und erntete auf einem kleinen Feldstück Kartoffeln. Seitdem sahen sich die vier nicht mehr so häufig.

Auch Marie und Rainer hatten sich zu der kleinen Feier aufgerafft. Woher Rieke und Matthias die beiden kannten, wusste im Nachhinein niemand mehr zu sagen. Plötzlich waren sie da und es war, als gehörten sie schon immer dazu. Die beiden Frauen verstanden sich auf Anhieb, waren immer der gleichen Meinung und dachten und sagten auch meist das Gleiche. Matthias sagte über Marie: „Obwohl die aus einem ganz anderen Stall kommt, macht sie alles mit." Er sprach gern so, wenn Marie ein paar Schnäpse mit ihm getrunken hatte, sodass ihre Zunge etwas lockerer wurde. Dann rutschten ihr schon mal Sachen heraus, die sie im nüchternen Zustand nie gesagt, ja vermutlich nicht einmal gedacht hätte. Marie hatte ganz andere Interessen. In Riekes Augen war sie kultiviert, modern, besonders hübsch und interessant. Marie spielte Tennis und war von Beruf Sekretärin. Rieke kam sich neben ihr immer etwas schmuddelig und unscheinbar vor. Sie wunderte sich jeden Tag, dass sie und Marie so gut miteinander konnten. Daher bemühte sie sich umso mehr, dass sich daran nichts änderte, indem sie ihr selten widersprach.

Während der angeregten Diskussion, die am Tisch von den Freunden geführt wurde, versuchte Marie das Ehepaar Dammschild mit in das Gespräch einzubinden und wollte in Erfahrung bringen, warum sie eigentlich in diesem kleinen Dorf ihren Urlaub verbrachten. Hier gäbe es doch nichts, was sich zu sehen lohnte und kulturtechnisch sei auch nicht viel los.

„Nun", antwortete Bernhard Dammschild. „Das kommt darauf an, aus welcher Sicht Sie das sehen. Kultur haben wir bei uns in Köln genug. Da findet sich immer eine Oper, ein Theater, ein Kino oder sonst eine Ausstellung, die es sich zu besichtigen lohnt. Aber die Umgebung ist immer dieselbe. Es sind die gleichen Gebäude, die auch gestern dort standen, die gleichen Straßen, die gleiche Laternen."

„Vor allem die Laternen", mischte seine Frau sich ein. „Es ist dort immer hell. Wir wohnen direkt in der Stadt. Das ist am Tage schön. Da haben sie den Bäcker in der Nähe und irgendwo gibt es auch einen Supermarkt, der fußläufig erreichbar ist. Ganze Handelsketten findet man im Zentrum der Stadt. Aber nachts? Die Leuchtreklamen werden ja nicht ausgeschaltet. Was glauben Sie, wann ich das letzte Mal Sterne beobachten konnte? Soll ich Ihnen das sagen? Das war in unserem Urlaub hier im Januar/ Februar 2019. Ich genieße das sehr."

„Kurz und gut", warf Bernhard Dammschild ein, „es ist so schön dunkel hier. Deshalb fahren wir manchmal auch nachts mit dem Fahrrad raus. Dann muss nicht einmal der Mond scheinen." Er grinste.

„Na, dann hoffen wir mal, dass sie dabei nicht auf einen Wolf treffen." Rainer lachte leise auf. „Sie wissen schon, dass es hier ein Rudel gibt?"

„Ja, das ist uns bekannt. Aber was soll passieren? Oder haben sie mal etwas von einem Angriff von Wölfen auf Radfahrer oder überhaupt auf Menschen gehört? Na also. Da bin ich ganz beruhigt. Wir werden nicht die Ersten sein." „Und, wenn doch, dann wird er sich an uns die Zähne ausbeißen. Schließlich sind wir beide zäh wie Leder", rief seine Frau ihm lachend dazwischen.

„Wohin fahren Sie denn so in den Urlaub?" Herr Dammschild blickte Rainer fragend an.

„Meist fahren wir in die Sonne. Der Ort ist egal, aber warm muss es sein. Jetzt, da die Kinder erwachsen sind, können wir Urlaub machen, wie und wann es uns gefällt. Früher waren wir auch in Ferienwohnungen unterwegs. Auf den Inseln Fehmarn oder Norderney. Jetzt fliegen wir. In diesem Jahr wollen im Juni in die Türkei und im September nach Ägypten."

„Donnerwetter", staunte Matthias. „Da habt ihr ja noch viel vor. Arbeitet ihr auch noch mal?"

Rieke legte ihre Hand auf sein Knie. Sie wusste, dass er seine Eifersucht kaum noch im Zaum halten konnte. „Du weißt doch, dass Marie und

Rainer viel arbeiten." Und zu Marie gewandt sprach sie: „Wir gönnen euch das von Herzen."

„Ach", Rieke merkte, wie Matthias innerlich kochte, als er sie anfuhr: „Und wir? Arbeiten wir etwa nicht hart? Ich würde auch gern mal in den Urlaub fahren. Aber dann kommt wieder das Finanzamt mit dem Steuerbescheid oder eine Maschine muss repariert werden oder die Kinder brauchen Geld, oder, oder, oder… . Ich sag ja immer, der Teufel scheißt auf den größten Haufen." Er nahm sich eine Flasche Bier vom Tisch und riss sie auf. Die übrigen Gäste schauten betreten zu Boden.

„Möchte noch jemand ein Glas Wein?" Luise erhob sich von ihrem Stuhl und nahm die leere Flasche in die Hand. „Ich hol noch eine Flasche. Ist dir doch recht Rieke, oder?"

Rieke nickte. „Aber ich kann doch selber gehen."

„Bleib du nur hier und kümmere dich derweil um Chips. Die sind auch leer. Hannes hat sie inhaliert. Kein Wunder, dass er so einen Wohlstandsbauch vor sich herschiebt." Luise runzelte die Stirn. „Morgen müssen wir wohl einkaufen. Die Hemden spannen bereits mächtig gewaltig. Ja,

Hannes, guck nicht so. Wenn du jetzt ausatmest, müssen alle in Deckung gehen. Wenn die Knöpfe abreißen, werden sie zu Geschosse." Alle lachten.

Spät am Abend trafen sich Marie und Rieke zufällig in der Küche und Marie sprach ihre Freundin nochmals auf Matthias an. „Er ist aber wieder grantig. Warum ist es nur so weit mit ihm gekommen? Wie hältst du es nur aus?"

Rieke standen die Tränen in den Augen, doch sie beschwichtigte Marie. „Ach, er ist nicht immer so. Gerade heute hat er sich über einen Auftraggeber geärgert. Er gönnt den anderen eben nicht das Schwarze unter den Nägeln. Er schimpft auf alles und jeden. Ich weiß auch nicht, was ihn gerade geritten hat."

Marie sah die Traurigkeit in Riekes Augen und umarmte sie mitleidig. „Ich verstehe, aber du solltest unbedingt mal etwas für dich tun. Lass uns doch mal zusammen wegfahren. Nur ein Wochenende an die See oder in den Harz. Wellness oder so. Komm, ich lade dich ein. Lass uns das doch mal machen."

Rieke wusste gar nicht, was sie dazu sagen sollte. Matthias würde das nicht verstehen. Wenn sie fahren würde und er bliebe zu Haus? Das war für sie unvorstellbar. Wie sollte sie ihm das begreiflich machen, ohne dass er wieder vollkommen ausrasten würde. Und konnte sie das überhaupt mit ihrem Gewissen vereinbaren. Ganz davon abgesehen, dass der Urlaub Geld kosten würde, denn Marie auf der Tasche liegen, das wollte sie auf keinen Fall.

Sie griff nach der Schale mit den Weintrauben, drehte sich noch einmal Marie zu und sagte: „Wir werden sehen." Dann gingen beide zurück zu der Gesellschaft. Sie kamen gerade an, als Hannes berichtete, dass er von einer Krankheit gehört hatte, die sich aus China bis nach Europa verbreitet hätte. Den Namen hatte er vergessen.

Februar 2020

Marie und Rainer saßen gemeinsam in ihrem Wohnzimmer. Vertieft in ihrem Buch, das aus dem Leben der Gattin des ehemaligen amerikanischen Präsidenten berichtete, kuschelte Marie sich mit angewinkelten Beinen immer weiter in die Kissen und Decken auf ihrer Couch, bis schließlich nur noch ihre obere Gesichtshälfte und eine Hand zu sehen waren.

„Bemerkenswert", murmelte Rainer, während er eingehend die Zeitschrift studierte.

Marie rührte sich nicht. Es war nichts Ungewöhnliches daran, das Rainer mit sich selber sprach.

„Sag mal." Er rückte in seinem Sessel etwas Hin und Her und streckte seinen Rücken. „Marie, hör doch mal!"

Immer noch in ihrer Lektüre versunken, ließ Marie ein kurzes: „mmh" verlauten. Das sollte wohl so etwas wie „Ja, ich höre dich! Aber ich will jetzt nicht gestört werden!" heißen.

„Wollen wir in diesem Jahr nicht mal nach Amerika reisen? Wir haben ja noch nichts gebucht. Ich lese hier gerade einen Bericht über die Entdeckungsgeschichte."

Marie wurde hellhörig. Eine Reise in die USA? Das klang mehr als wunderbar. Aber dass der Vorschlag von Rainer kam, erstaunte sie doch sehr. Schließlich war er ungern bereit, in einen Flieger zu steigen. Deshalb nahmen die beiden für die meisten ihrer Reisen das Auto. Die kurzen Strecken bis auf die Kanaren oder in die Türkei, die hielt er gerade noch aus.

„Du weißt, dass das eine Flugstrecke von mindestens neun Stunden bedeuten würde?" Marie fragte lieber noch einmal vorsichtig nach. Schließlich musste sie sich vergewissern, dass es nicht nur eine spontane Idee war, die sich wieder verflüchtigte, sobald sie beginnen würde, sich darauf zu freuen.

„Das kriege ich schon hin. Du gibst mir einfach einige deiner homöopathischen Kügelchen und dann stehe ich das schon durch. Wir könnten im April fliegen. Wir wären dann dort, bevor die große Hitze einsetzt."

„Ich würde schon gern Sonnengarantie haben, wenn wir in Miami am Strand liegen", erwiderte Marie.

„Wieso Miami?" Rainer schüttelte den Kopf.
„Wir können auch nach Los Angeles. Aber der Flug ist dann noch länger. Dort ist der Strand bestimmt

auch schön. Und wir könnten nach Hollywood und von dort aus vielleicht einen Abstecher nach Las Vegas." Inzwischen hatte Marie sich aufgerichtet und aus ihrer Decke geschält. Ihre Wangen glühten vor Aufregung. Die Vorfreude auf diesen außergewöhnlichen Urlaub stand ihr ins Gesicht geschrieben.

„Wieso Strand? Wieso Las Vegas? Ich würde viel lieber auf den Spuren der ersten Siedler wandeln. Wir starten im Norden der USA in Boston und fahren mit dem Auto den Atlantik entlang bis zu den Outerbanks in Virginia. Nach Richmond sollten wir dann auch noch und zum Abschluss sehen wir uns Washington an. Wie findest du das?"

Erschrocken blickte Marie ihren Mann an. Was war in ihn gefahren? Dass er sich für Geschichte begeisterte, war keine Neuigkeit für sie. Allerdings hatte er das meistens mit sich selber abgemacht. Er fuhr ins Museum oder zu Ausstellungen und nahm an Gedenkfeiern teil. Aber all das machte er allein oder mit seinen Freunden. Zu Anfang ihrer Beziehung hatte er sie manchmal gebeten, ihn zu begleiten. Aber sie hatte ihm schnell zu verstehen gegeben, dass es für sie reine Zeitverschwendung sei, sich mit Vergangenem zu beschäftigen. Geschichte, das war das, was man in der Schule lernen musste.

Nach ihrer eigenen Schulzeit hatte sie damit abgeschlossen. Als die Zwillinge im Schulalter waren, hatte sie die beiden dabei zwar begleitet und sie zu den verschiedenen Themen abgefragt. Aber sich eingehend damit zu beschäftigen, dazu war ihr ihre Zeit zu schade. Es sei auch nicht notwendig, meinte sie, schließlich lebte sie im Hier und Jetzt. Aber die Aussicht auf einen Urlaub in den USA fegte ihre Bedenken beiseite.

Ach was soll es, dachte Marie. Ich werde schon zwischendurch in den Genuss kommen, am Strand zu liegen und die Sonne zu genießen. Ein paar Shopping-Trips werden auch drin sein. Was macht es schon, wenn ich zwischendurch mal in ein Museum gehen muss. Bestimmt gibt es Möglichkeiten, dass ich meiner eigenen Wege gehen kann.

„Wie lange sollte unsere Reise denn dauern? Wenn wir, so wie immer, nur zwei Wochen fahren, dann lohnt sich das ja kaum."

Rainer räusperte sich: „Nun ja, drei bis vier Wochen sollten es schon sein. Aber wir müssen ja sowieso noch mit unseren Vorgesetzten sprechen, ob sie das genehmigen."

„Meinetwegen können wir das mal angehen. Ich freue mich darauf, mit dir ein paar Wochen unterwegs zu sein und ein fremdes Land zu erkunden. Ist mal was anderes."

„Ich auch." Rainer sah Marie mit strahlenden Augen an.

Ach, dachte Marie, es tut so gut zu wissen, dass er mich liebt.

Am nächsten Tag fuhren die zwei nach der Arbeit ins Reisebüro, um den Flug und die Hotels zu buchen. Als alles geklärt war, stieg ihre Vorfreude ins Unermessliche. Acht Wochen später wollten sie starten. Acht Wochen waren lang, da konnten sie in Ruhe planen.

Am Abend besuchte Marie Rieke, um ihr die Neuigkeiten mitzuteilen. Vor der Haustür traf sie auf das Ehepaar Dammschild, das ihre Koffer ins Auto lud.

„Guten Abend", grüßte Marie die beiden freundlich. „Reisen sie wieder ab?"

„Ja", stöhnte Bernhard Dammschild, während er ein schweres Gepäckstück in den Kofferraum einlud. Er schlug die Klappe des Autos zu und sagte zu Marie: „Das war der letzte Koffer. Morgen packen wir noch die restlichen Sachen ins Auto und dann geht es zurück nach Kölle."

„Und? Hat es Ihnen bei uns gefallen", fragte Marie.

„Sehr gut wie immer. Aber jetzt müssen wir nach Haus, sonst feiern unsere Freunde die Weiberfastnacht ohne uns! Wissen Sie? Meine Frau ist in der Seniorengruppe der Funkenmariechen ganz aktiv."

„Ich dachte immer, die Funkenmariechen bestehen aus lauter jungen Mädchen, die da Ihr Tanzbein schwingen, Spagat machen oder Radschlagen."

„Wo denken sie hin? Das können meine Frau und ihre Mädels auch", antwortete Bernhard sichtlich stolz. „Spagat und Radschlagen meine ich. Das wird nur nicht mehr im Fernsehen gezeigt, wenn die Seniorinnen über die Bühne hüpfen. Das will keiner mehr sehen. Die filmen da schon lieber junge Mädchen. Die ganz große Bühnenzeit, die liegt schon hinter ihr. Aber sie hat Spaß dran und die Bewegung hält sie fit."
Die Haustür sprang auf und Trude Dammschild brachte noch einen Koffer. „Hier Bernhard, den hast du vergessen."
„So viel hatten wir doch gar nicht mit hierher gebracht. Hast du den hier gekauft", foppte er seine Frau, während er Marie zuzwinkerte.

Marie nutzte die geöffnete Tür und ging ins Haus. Rieke kam ihr mit einem Arm voller neuer Bettwäsche im Flur entgegen. „Ach Marie! Was treibt dich denn so spät noch hierher?"

„Rieke, ich musste es einfach jemandem erzählen. Da warst du die Erste, die es wissen sollte. Wir fahren nach Amerika", jubelte Marie.

„Amerika?" Rieke legte die Bettwäsche auf der nächsten Kommode ab.

„Jaaa", frohlockte ihre Freundin. „Ohhh, ich freue mich so. Ich könnte platzen vor Glück. Das wird ein Spaß. Rainer und ich wollen nach Boston fliegen und dann mit dem Auto weiter nach New York und Philadelphia. Danach nach Richmond und Washington, das Ganze soll vier Wochen dauern. Ich bin so aufgeregt."

Während Marie Luft holte, bat Rieke sie ins Wohnzimmer. „Das klingt fantastisch. Aber eigentlich liegst du doch lieber auf einer Liege am Strand und beobachtest die Wellen bei der Arbeit. Wie kommt es denn, dass du jetzt so euphorisch an einem derart stressigen Urlaub teilnehmen willst. Und erzähle mir nicht, dass es dir plötzlich Spaß macht, auf den Spuren der Siedler zu wandeln."

„Du kennst mich eben zu gut", schmunzelte Marie. „Dass ich dazu keine große Lust habe, das weiß Rainer auch. Ich bin mir sicher, dass ich in der Zeit reichliche Gelegenheiten haben werde, mich an einem Strand zu sonnen. Aber ich bin viel mehr darauf gespannt, die Glitzerwelt New Yorks zu erleben und den Centralpark zu durchwandern. Vielleicht lädt Rainer mich ja auch zu einer Kutschfahrt ein."

„Wie schön. Wie gern würde ich das auch mal machen. Schon an den Planungen hätte ich meine Freude", schwärmte Rieke. „Ich freue mich so für euch."

Matthias, der gerade den Raum betreten hatte, stutze. „Na Marie, hast du dich im Dunkeln verirrt? So spät kommst du doch sonst nicht zu uns."

„Marie und Rainer fliegen in die USA, Matthias, das wollte sie uns nur mitteilen."
„So, na das ist ja schön. Wann geht es denn los?"
„Ende April fliegen wir von Hannover über Amsterdam nach Boston. Danach geht es mit dem Auto weiter an der Atlantikküste bis in den Süden von Virginia. Es ist alles durchgeplant und die Hotels sind gebucht."
„Da hat der Rainer ja ordentlich was springen lassen."

„Also Matthias, ich will dir mal was sagen", trotzte Marie ihm. „Auch wenn es dich nichts angeht. Aber ich verdiene auch Geld und wir bezahlen das gemeinsam."

Nachdem sie ein paar versöhnlichen Worten gewechselt hatten, verabschiedete Marie sich.

Rieke und Matthias ließen den Tag ausklingen, indem sie, wie an jedem Abend im Wohnzimmer die Nachrichten sahen. In einem Bericht ging es um eine Krankheit, die Covid-19 oder auch Corona genannt wurde. Diese sollte ihren Ursprung in China haben. Die Krankenhäuser in Italien seien überfüllt mit vielen Italienern, die sich infiziert hätten. Der Karneval war aufgrund der Vielzahl der Erkrankungen bereits abgebrochen worden.
Matthias sagte: „Wieder so ein Mist, der da aus China kommt." Dann ging er ins Bett. Rieke wechselte das Programm. Nachrichten wollte sie nicht sehen. Da zeigten sie immer so schreckliche Sachen. Sie wollte sich wenigstens abends entspannen und nicht noch mehr belasten. Das Leben war für sie schon schwer genug, dachte sie.

März 2020

Sie würde sich immer an den einen Tag erinnern, an dem für sie begann, was man später als Pandemie des einundzwanzigsten Jahrhunderts bezeichnen würde.

Am dreizehnten März fuhr Rieke gegen Abend zu einer Versammlung der Landfrauen in die Nachbargemeinde. Sie hatte sich aufgerafft und wollte dort die Lesung einer ortsansässigen Autorin verfolgen. Für diese Unternehmung hatte sie sich schick angezogen, die grauwerdenden langen Haare kunstvoll hochgesteckt und Make-up aufgelegt. Als sie sich im Spiegel betrachtete, war sie mit sich sehr zufrieden. Ja, sie hatte sogar so etwas wie Schmetterlinge im Bauch bei der Aussicht auf einen schönen Abend. Weil keine ihrer Freundinnen sie begleiten wollte, hatte sie bis zum Schluss mit sich gerungen, war dann aber doch in das kleine Auto gestiegen und losgefahren.

Auf dem Weg schaltete sie das Radio ein. Schon wieder Nachrichten, dachte sie, als ihre Aufmerksamkeit dann doch von einem eindringlichen Satz eingefangen wurde. Der Nachrichtensprecher sagte: „Bleiben Sie wenn möglich zu Hause. Vermeiden Sie jeden Kontakt zu anderen. Verzichten Sie auf das Händeschütteln und nehmen Sie Abstand. Diese Epidemie ist für alle gefährlich, ja sogar tödlich. Besonders für alte und kranke Menschen."

Was sollte das bedeuten? Natürlich hatte Rieke die Zustände in Italien und Spanien und mittlerweile auch in ihrem Lieblingsland Frankreich zur Kenntnis genommen. Am Tag zuvor waren ihr auch Fälle aus Nordrhein-Westfahlen zu Ohren gekommen, wo sich das Virus namens Corona nach einer Faschingsfeier verbreitet haben sollte. Aber deswegen konnten doch jetzt nicht alle zu Hause bleiben. Heinsberg, der Ort, der als erster Corona Hotspot Deutschlands in die Geschichte eingehen sollte, war mehr als vierhundert Kilometer entfernt. Wie sollte der Virus bis in das kleine Dorf an der Aller überleben?

Die Parkplätze an dem kleinen Gasthaus, in dem die Veranstaltung stattfinden sollte, waren bei Riekes Ankunft belegt. Das ließ auf eine gut besuchte Lesung schließen. Als Rieke den Raum betrat, sah sie auf einige bekannte Gesichter in den Reihen. Sie suchte sich einen freien Platz. Kurz darauf erschien die Vorsitzende der Landfrauen, die als Moderatorin des Abends die ausschließlich weiblichen Gäste begrüßte und einige Worte zu der Schriftstellerin sagte.
Anschließend begann die Autorin, sich selber vorzustellen. Sie erzählte einige Anekdoten aus ihrer Jugend und ihrem Eheleben und unterhielt das Publikum mit entspannten und vergnügten

Erzählungen, die sie immer wieder durch witzige Lesungen aus ihren Büchern unterbrach.

Kurz vor dem Ende der Lesung räusperte sie sich und sagte, dass sie in ihrem Repertoire nicht nur spaßig Themen hätte, sondern sich auch um ernstere Vorkommnisse Gedanken machen würde. In diesen Zeiten, in denen sich eine Krankheit breitmachen würde wie das Unkraut im Garten, wäre auch ihr nicht mehr zum Lachen zumute und sie hatte sich der Überlegung hingegeben, wie der Planet Erde wohl über all das denken würde, wenn er denken könnte:

Gedanken der Erde

Wenn ich die Erde wäre, was würde ich denken? Millionen Jahre lang war ich da. Meine besten Freunde waren die Sonne und der Mond. Ich konnte mich immer auf sie verlassen. Egal ob die Kreide- oder eine Eiszeit über mich hereinbrach, immer haben wir zu dritt alles wieder gerichtet. Auf mir wuchsen Bäume und blühende Pflanzen. Über mir kreisten Vögel in meinen Winden. Lebewesen aller Arten liefen auf mir herum und sorgten dafür, dass die Natur ihr Auskommen hatte. Als die Menschen begannen, mit ihren Hacken die Felder zu bestellen, da hat es mich ein wenig gekitzelt. Amüsiert habe ich sie gelassen.

Aber plötzlich gab es immer weniger Tiere und immer mehr Menschen, die auf mir herumliefen. Sie stritten und kämpften. Ich hörte und spürte die Kanonen. Kräne mit großen Schaufeln kamen und fuhren mir in mein Innerstes. Sie trugen Sand und Steine aus mir heraus, um sie an anderer Stelle wieder zu stapeln. Mir wurde etwas schwindelig, weil mein Gleichgewicht dadurch gestört wurde, aber ich dachte: So schlimm ist es ja nicht, stell dich nicht so an.

Vor einige Jahre dann begannen die Menschen noch tiefer in mich einzudringen, indem sie Leitungen und Rohre in mich hineinschossen, um mein Öl, meine Kohle, mein Erz und vieles mehr aus mir herauszuholen. Es schmerzte und ärgerte mich. Manchmal versuchte ich mich zu wehren und schüttelte mich, aber obwohl so viele von Ihnen starben, fuhren sie weiterhin damit fort, mir ihre Pfeile in meinen Leib zu bohren.

Schließlich warfen die Menschen das, was sie Müll nennen, in meine Meere, Seen und Wälder, sodass meine tierischen Bewohner daran ersticken und alles Leben so nach und nach aus mir entweicht. Meine Freunde, die Sonne und der Mond können nur dabei zusehen. Helfen können sie mir nicht.

Und ich werde wütend und mir wird heiß und ich bebe, sodass Häuser umfallen, Bäume entwurzelt werden und das Meer über die Ufer tritt. Wieder sterben Menschen. Doch es hilft nichts. Sie machen weiter wie bisher.

Meine Kraft ist am Ende. Ich ziehe mich zurück. Wenn sie es nicht verstehen – auf mich hören sie nicht. Sie werden es wohl nicht merken, wenn kein Wasser mehr da ist und meine Oberfläche zur Wüste wird. Wenn ich vor Wut explodiert bin oder vor Kummer zerbreche. Denn dann bin ich fort und sie auch und die einzigen, die noch da sind, das sind meine Freunde: die Sonne und der Mond. Ob wenigstens die beiden dann um mich trauern?

„Eine Botschaft ist auch eine Nachricht." Mit diesem Satz beendete die Autorin ihre Rede. Den Unterschied sähe sie darin, dass Botschaften immer gut sind, und sie gab ihren Zuhörerinnen mit auf dem Weg: „Wenn ihr die Welt verändern möchtet, dann schickt doch einfach mal eine gute Botschaft an jemanden, dessen Handeln euch beeindruckt hat und lobt ihn dafür. Wenn das jeder macht, dann kann man beobachten, wie sehr sich die Welt zum Besseren verändert, allein dadurch, dass die Menschen sich wertgeschätzt fühlen."

Müde und voller neuer Eindrücke fuhr Rieke wieder nach Haus.

Wem sollte sie ihre Anerkennung zeigen? Wer in ihrer Umgebung hatte es denn verdient, gelobt zu werden. Kasimir und Jonathan? Sie wurden seit jeher für alles gelobt. Immer und immer wieder wurde gesagt, wie toll sie dieses oder jenes machten. Oder die Kinder?

Ben und Anna hatte Rieke gerade gesagt, wie wunderbar sie es fand, dass sie das Haus ihrer Eltern renoviert hatten, nachdem diese jahrzehntelang nichts mehr angewendet hatten. Vom Keller bis zum Dach hatte Ben das Haus umgekrempelt, damit er seiner Anna ein schönes Heim bieten konnte. Das hatte ein Jahr gedauert, in denen die beiden immer dreckig und müde und dennoch glücklich zu sein schienen.

Mona und Helge lebten mit ihren Kindern in ihrer kleinen Welt. Die beiden zu loben war selten geworden. Und Rieke wusste nicht genau, wann sie es zum letzten Mal getan hatte.

In den darauf folgenden Tagen merkte Rieke, dass sich vieles veränderte. Auf einem Treffen mit den Freunden gab sich kaum noch jemand die Hand. Außer Luise und Hannes, die immer noch jeden in den Arm nahmen und alle Empfehlungen ignorierten, grüßten sich die Freunde und Bekannte nur noch von Weitem. Alles wirkte irgendwie unbeholfen. Plötzlich wusste niemand mehr, wie er den anderen begrüßen solle. Die einen grüßten, indem sie ihre geballten Fäuste aneinanderstießen. Die anderen begannen auf einem Bein tänzelnd mit dem zweiten Fuß den anderen anzustubsen. Oft sah das sehr lächerlich aus, wenn zwei erwachsene Menschen sich so begrüßten und dabei verkrampft darauf achteten, nicht das Gleichgewicht zu verlieren.

Plötzlich wurden die Grenzen zu den Nachbarländern geschlossen. Niemand durfte mehr zum Einkaufen über die Grenze. Auch Freunde und oder Familie im Nachbarland besuchen war nicht mehr möglich. Es wurden Kontrollen durchgeführt. Läden, Geschäfte, Gastronomiebetriebe, Büros und Fabriken mussten ebenfalls dichtmachen. „Lockdown" hieß es für ganz Deutschland. Aufgrund der Vielzahl der an Corona infizierten Personen befürchtete man bei weiterem Ansteigen eine Überlastung der Krankenhäuser. In Italien, so berichteten die Medien, fand bereits eine Triage statt. Dort wurde entschieden, welche Erkrankten an die zur Verfügung stehenden Beatmungsgeräte angeschlossen werden sollten und bei welchen Patienten das nicht mehr infrage kommen würde, weil die Erkrankung bereits zu weit fortgeschritten sei. Das hieß, man würde sie sterben lassen.

„Was für ein grauenhafter Gedanke", dachte Rieke laut. Jeden Tag kamen weitere

Schreckensmeldungen dazu. Es wurde immer unheimlicher.

Die Enkel hatten Geburtstag und sie konnte sie nicht besuchen. Das gemeinsame Kaffeetrinken fiel weg. Aber das war nicht das Schlimmste für die stolze Oma, am heftigsten belastete sie, dass sie die beiden nicht in den Arm nehmen durfte. Besonders Kinder seien Virenüberträger, hieß es. Die Jungs konnten wegen der Epidemie nicht zur Schule, sondern wurden von ihrer Mutter Mona zu Haus unterrichtet. Freunde besuchen oder zu Haus empfangen war nicht erlaubt.

In einem nahe gelegenen Ort, so hörte man, hatte es jemanden gegeben, der seine Nachbarsfamilie wegen einer Feier zum Geburtstag ihres Kindes bei der Polizei angezeigt hatte. War das aus Vorsicht oder Angst vor der Krankheit oder schlichtweg Denunziation? Niemand wusste es genau.
Außerdem hatten Hamsterkäufe eingesetzt. In den Lebensmittelläden (die einzigen Geschäfte, die noch öffnen durften) gab es kein Toilettenpapier und keine Nudeln mehr.

Nur Luise und Hannes taten, als wäre alles nur ein schlechter Witz. Sie besuchten weiterhin alle Nachbarn und wenn sie auf die Kontaktsperre angesprochen wurden, dann bestanden sie darauf, dass das alles nur Fake-News, also Falschmeldungen, seien. Sie würden das nicht glauben. Das hätten die Chinesen inszeniert, darüber waren sie sich sicher. Schließlich war schon vor vierzig Jahren die Rede davon gewesen, dass alle Chinesisch lernen müssten, weil diese Großmacht bald die ganze Welt besitzen würde. Jetzt sei der Zeitpunkt gekommen, meinte man: China hätte das Gerücht mit der Pandemie verstreut und alle wären darauf reingefallen. Nur Luise und Hannes konnten das erkennen. Alle anderen wären blind gegenüber den Obrigkeiten und den Virologen hörig, meinten sie. In den sozialen Medien waren sie auf Unterstützer ihrer These gestoßen, mit denen sie sich regelmäßig austauschen konnten.

Rieke hörte ihnen irgendwann nicht mehr zu. Sie konnte sich nicht vorstellen, dass die ganze Welt sich verschworen hätte. Gerade erst hatte doch Frankreich in Deutschland um Intensivplätze für die Erkrankten gebeten. Und die Zahlen stiegen und stiegen. Selbst in ihrem kleinen Heimatort gab es mittlerweile zwei Infizierte. Wer das war, wusste man nicht. Rieke vermutete, dass sich die kranken Mitbürger aus Scham nicht zu erkennen gaben.

Matthias machte sich derweil ganz andere Sorgen. Im April sollten Kartoffeln gepflanzt werden. Aber bislang konnte der Spediteur noch keine Saatkartoffeln liefern. Corona hatte die Lieferstrecken lahmgelegt.

April 2020

Eine positive Seite der Corona-Krise zeigte sich sehr schnell: Weltweit nahm die Luftverschmutzung ab. Der Grund war ganz einfach. Es flogen weniger Flugzeuge, es fuhren weniger Autos und auch die Schifffahrt war sehr eingeschränkt worden. Wer wollte sich auf eine Kreuzfahrt begeben, solange nicht gesichert war, dass es auf dem Boot keine Coronainfektionen gab.

Rieke hatte die Diskussionen in den Medien aufmerksam verfolgt. Plötzlich wurde darüber gesprochen, dass Gesichtsmasken, die Mund und Nase bedecken sollten, hilfreich gegen Ansteckung seien. Die Virologen rieten dazu, sich sogenannte Alltagsmasken anzuschaffen. Die Bundesregierung meinte, das wäre nicht nötig.

Aufgrund des Lockdowns hatte Rieke sich angewöhnt, abends im Halbdunkel noch einen Spaziergang durch das Dorf zu machen. Seitdem alles geschlossen worden war, durfte sie auch keine Feriengäste mehr beherbergen. Deshalb hatte sie Zeit und langweilte sich ein wenig. Im Haus war alles geputzt und im Garten gab es auch noch nichts zu tun. Sie freute sich umso mehr über das schöne Wetter und nutzte die Gunst der Stunde. Bei einem dieser Ausflüge traf sie auf Marie, die es aus den gleichen Gründen hinausgetrieben hatte. Die beiden gingen ein paar

Schritte Seite an Seite und dennoch mit dem gebotenen Abstand. Marie berichtete, dass sie ihren Amerikaurlaub abgesagt hätten. „Es ist zu gefährlich", meinte Marie. „Gerade bei diesem Präsidenten, den die dort drüben haben. Der gehört doch auch zu den Leugnern und witterte schon immer hinter allem eine Verschwörung. Wer weiß, was seine Anhänger jetzt noch alles veranstalten. Womöglich gibt es dort einen Bürgerkrieg. Hast du gehört, die sprechen von fünfzigtausend Neuinfizierten in den USA an einem Tag. Unglaublich, oder?"

„Hoffentlich gibt es bald ein Mittel gegen diese Krankheit", antwortete Rieke. „Eine Impfung oder Tabletten- ganz egal, bevor noch mehr Menschen sterben."

„Das hoffe ich auch. Der Premierminister in Groß Britannien will ja eine Herdenimmunität erreichen, deshalb lässt er alles offen. Dabei sagen Virologen, es müssten vierzig Millionen Briten sterben, damit es irgendwann zu einer Immunität käme. Wie schrecklich! Das kann doch auch niemand wollen, oder?"

„Aber in Spanien und Italien sind die Zahlen der Infizierten zurückgegangen. Das lässt doch hoffen. Vielleicht beruhigt sich alles etwas, wenn das Wetter besser beziehungsweise wärmer wird.

Mona und Helge wollen so gern mit den Kindern in den Sommerurlaub fahren."

„Ach ja", seufzte Marie. „Wir wären jetzt weg gewesen. Es ist schade um unsere Urlaubstage. Aber vor unserem geplanten Urlaub waren wir auch schon im Homeoffice. Rainer wird bereits ganz unruhig, weil er nicht einmal zum Sport kann. Aber ich weiß, wir jammern auf hohem Niveau."

"Vielleicht brächte es ja doch etwas, wenn die Menschen Masken tragen würden. Wenigsten die Selbstgemachten."

„Ich glaube auch, dass das etwas helfen würde."

Marie und Rieke hatten nicht bemerkt, dass sie beim Erzählen den Abstand nicht mehr einhielten. Sie waren sich immer näher gekommen.

Plötzlich hielt ein Auto neben ihnen. Der Fahrer ließ das Seitenfenster hinunter und rief: „He ihr da. Ihr dürft hier nicht zusammen herumlaufen. Ihr gehört doch nicht zu einem Haushalt." Dann fuhr er weiter.
Erschrocken sahen die beiden ihm nach. „Stimmt. Trotzdem musst du uns nicht so anbrüllen", schrie Marie ihm nach und zu Rieke gewandt, sagte sie: „Vielleicht würde ja alles nicht so schlimm

werden, wenn wir alle Masken aufsetzten. Aber ich weiß ja gar nicht, woher ich eine bekommen sollte."

„Ich glaube, das ist auch für die Politiker das Problem. Die wissen das auch nicht, also können sie uns doch nicht vorschreiben, Masken zu tragen", sinnierte Rieke. „Dabei kann das doch gar nicht so schwer sein. Die kann man doch nähen."

„Mach doch mal. Ich bin mir sicher, dass viele Menschen Masken tragen würden, aber gar nicht wissen, woher sie sie kriegen können." Marie verabschiedete sich.

Schaden würde es ja nichts, dachte sich Rieke, als sie wieder zu Haus angekommen war. Sie forschte im Internet nach Schnittmustern. Schnell stellte sie fest, dass das Nähen der Masken selbst für einen Laien wie sie einfach wäre. Stoffe hatte sie reichlich und eine alte Nähmaschine stand auch noch irgendwo herum. Also suchte sie sich alle Dinge zusammen und begann, eine Maske nach der anderen zu nähen. Wenn sie schon nicht aus dem Haus konnte, wollte sie wenigstens etwas Nützliches tun.

Sie nähte Tag und Nacht und die ersten Freunde und Bekannte kamen, um sich Masken zu holen. Jeder fragte, was sie dafür haben wollte. Am

Anfang hatte sie die Masken umsonst herausgegeben. Schließlich hatte das Nähen ihr Spaß gemacht und sie sah es als sinnvollen Zeitvertreib. Der Stoff hatte auch nichts gekostet und ein paar Restbestände an Gummiband hatte sie noch aus alten Zeiten.

Eines Tages erzählte Marie ihr, dass es Menschen gäbe, die sich die Masken von Rieke umsonst geben ließen, sie dann aber für zehn Euro weiterverkauften. Daraufhin beschloss sie, wenigstens fünf Euro für eine Maske zu nehmen.

Trotzdem wurden die Interessenten nicht weniger und Rieke hatte Probleme, genügend Gummiband zu bekommen. Alle Frauen im Bekanntenkreis hatten ihr ihre Restbestände gespendet oder gegen fertige Masken eingetauscht. Im Internet wurde Elastikband hoch gehandelt. Anscheinend waren inzwischen noch mehrere auf die Idee gekommen, Masken zu nähen.

Rieke hatte von mehreren Vereinen gehört, die die Maschinen rattern ließen, damit sie Altenheime und Krankenhäuser mit den sogenannten Alltagsmasken versorgen konnten.

Es hatte auch nicht lange gedauert, da tauchten die Masken im Handel auf. Zuerst auf den einschlägigen Verkaufsplattformen, dann im

Lebensmittel-handel und schließlich sogar in den Baumärkten. Diese waren auch die Ersten, die nach dem Lockdown wieder öffnen durften. Es zeigte sich, dass die Menschen nur darauf gewartet hatten, endlich wieder einkaufen zu können. Vor den Baumärkten gab es lange Warteschlangen, weil jeder Kunde einen Einkaufswagen mitführen musste. Wenn diese vergriffen waren, musste man warten, bis der nächste frei wurde. Die Leute kauften Pflanzen und Gartenmaterialien, als ob es kein Morgen gäbe. Wer Angst vor dem Virus hatte, der bestellte im Internet Schaufel, Spaten und Harken. Jeder versuchte, seinen Garten oder wenigstens den Balkon durch neue Pflanzen oder Dekorationen aufzuhübschen. Das schöne Frühlingswetter tat sein Übriges, die Garten-freunde zur Arbeit anzuhalten.

Alle anderen Geschäfte hatten immer noch geschlossen. Also wurde im Internet bestellt und die Post und die Lieferdienste hatten reichlich zu tun. Die Kinder waren weiterhin zu Haus, weil Krippen und Schulen geschlossen hatten. Die Stimmen, die den Sinn des Lockdowns und die Gefährlichkeit des Virus anzweifelten, wurden lauter. Manche behaupteten sogar, dass eine Grippe die gleichen Auswirkungen habe, und dass an ihr auch viele Menschen sterben würden. Der

Lockdown, sagten die Zweifler, stehe in keinem Verhältnis dazu.

Dann begannen die Politiker darüber zu debattieren, wann die ersten Lockerungen durchgeführt werden sollten.

Auch Matthias fehlte das Verständnis für die Einschränkungen. Zwar waren die Saatkartoffeln doch noch rechtzeitig geliefert worden, aber er konnte nicht einsehen, warum sie keine Feriengäste beherbergen durften.

Bei jedem Interview, das er im Fernsehen verfolgte, schrie er so etwas wie: „Die halten auch keinen Abstand." Oder: „Warum trägt der denn keine Maske?" Oder: „Rieke, jetzt guck mal hin, die da halten auch keinen Abstand. Ja, ja, Wasser predigen, aber Wein trinken. Das können die alle."
Er wollte die ganzen Verbote und Gebote nicht mehr akzeptieren. Dabei war er noch am wenigsten davon betroffen. Schließlich ging er nicht einkaufen, fuhr nicht zum Sport und traf sich selten mit Freunden, sodass ihm der Kontakt auch nicht besonders fehlte. Die einzigen Male, in denen Matthias verlauten ließ, dass ihn die Situation belastete, war, wenn er mit Mona und den Kindern telefonierte. Dann merkte Rieke, wie sehr er seine Tochter vermisste.

Rieke verzweifelte langsam an seiner schlechten Stimmung. Jedes Mal, wenn er sich wieder aufregte, mahnte sie ihn, er solle zum Arzt gehen. Es könne doch nicht normal sein, sich so zu ärgern. Auf solcherlei Anspielungen reagierte er noch heftiger. Ob sie glauben würde, er sei nicht normal. Ob sie ihn vielleicht in die Klapsmühle einweisen wolle, so wie die Frau vom Mollath? (Er meinte damit die Geschichte einer Frau, die Anfang 2000 durch die Medien ging. Diese Frau hatte damals anscheinend dafür gesorgt, dass ihr Ehemann Gustl Mollath wegen angeblicher Geldwäsche verurteilt wurde und für lange Jahre ins Gefängnis musste. Bei jeder Verhandlung wurde der Verstand des Mannes angezweifelt, weil er sich so vehement gegen die Vorwürfe zur Wehr setzte.)

Aber Matthias tat seiner Frau unrecht. Sie hatte große Angst davor, dass er eines Tages vor Aufregung einen Herzinfarkt erleiden würde.

Mai 2020

Die obligatorischen Demonstrationen zum „Tag der Arbeit" am ersten Mai standen unter einem neuen Stern.

Verschwörungstheoretiker und Leugner des Coronavirus nutzten die Plattform, um auf sich aufmerksam zu machen. Sie hatten sich unter die Demonstranten gemischt und die Polizei ließ sie gewähren, obwohl sie ohne Masken und ohne Abstand marschierten. In Sachsen wurde eine der ersten Demonstrationen von der rechten Szene organisiert. Eigentlich hätten die Masken-verneiner, die sich als Querdenker bezeichneten, schon deshalb ihre Teilnahme absagen müssen, um nicht mit der rechten Szene in Verbindung gebracht zu werden. Weit gefehlt. Das war nur eine Demo von vielen, die folgen sollten.

Rieke machte sich Gedanken, weil Matthias auch zu einer Massenkundgebung nach Berlin wollte. Trotzdem es um die Landwirtschaft ging, waren auch dort Verweigerer, die sich in den Zug mischten und für Unruhe sorgten. Was so friedlich geplant war, verkam doch wieder zu einem Spektakel, das durch die Medien ging.

In anderen Städten demonstrierten Menschen gegen Kontaktsperren und Hygieneauflagen, die ihrer Meinung nach nicht in Ordnung waren. Daran hätte selbst Rieke gern teilgenommen, weil sie nicht damit einverstanden war, dass Patienten in Krankenhäusern sterben mussten, ohne ihre Angehörigen noch einmal sehen zu können. Aber sie selber konnte sich auch keine Lösung für das Problem vorstellen. Man stelle sich nur vor, dass einer der Besucher mit Corona infiziert sei und das ganze Klinikpersonal ansteckte. Wie sollte man so kontinuierliche Pflege gewährleisten können?

In Amerika war seit Kurzem ein Arzneimittel zugelassen worden, das die Erkrankungssymptome von Covid-19 Patienten abschwächte. Rieke hatte die Hoffnung, dass dieses Medikament dafür sorgen würde, dass sich alles wieder normalisierte. Die Zahlen der Infizierten in Deutschland waren mittlerweile so weit zurückgegangen, dass man eine Öffnung des Lockdowns und somit auch der Grenzen zu den Nachbarländern in Erwägung zog.

Und dann passierte etwas, was niemand vorher für möglich gehalten hätte: Die Fußballer der Bundesliga durften wieder spielen. Zwar ohne Publikum, aber im Stadion. Der deutsche Fußballbund hatte gewonnen. Durch Beharrlichkeit hatte die Lobby der Freunde dieses Ballsports erreicht, was der Familienministerin nicht gelungen war. Sie konnten ihren Betrieb wieder aufnehmen, obwohl Schulen, Kindergärten und Krippen geschlossen bleiben mussten.

Vielleicht war das nicht der Einzige, vermutlich aber der letzte Tropfen, der das sprichwörtliche Fass zum Überlaufen brachte. Bei Mona und Helge sorgte diese Entscheidung fast für eine Ehekrise.

Helge freute sich auf die Wochenenden, die er würde genießen können, wenn es endlich wieder Fußball im Fernsehen zu sehen gab. Mona, die seit Wochen ans Haus gefesselt war, weil sie selber im Homeoffice war und außerdem noch mit den Jungs für die Schule lernte, riss der Geduldsfaden, als sie von der Verfügung hörte. „Das kann doch nicht wahr sein", rief Mona. „Da sieht man es mal wieder. Wenn es hart auf hart kommt, diktiert die Wirtschaft den Politikern doch wieder, wofür sie sich entscheiden sollen."

„Was meinst du damit", fragte Helge erstaunt. Er hatte Mona selten so wütend erlebt.

„Wochenlang hatte die Bundeskanzlerin gepredigt, wir sollen der Gesundheit wegen zu Haus bleiben. Und wir tun das auch, weil wir einsehen, dass es bei der Pandemie keine andere Lösung als strikte Isolation gibt. Und dann wird es dank unseres rücksichtsvollen Verhaltens tatsächlich langsam besser und die Zahl der Neuinfektionen geht zurück. Und was entscheiden sie zuerst? Sie erlauben den

Fußballern wieder zu spielen." Mona schnaufte zornig. „Ich erzähle den Jungs, dass das hier kein Spaß und kein Urlaub ist. Dass sie nicht mit ihren Freunden auf den Bolzplatz dürfen, weil das Risiko, das sie sich infizieren, zu groß ist. Wie soll ich ihnen denn jetzt erklären, dass die Erwachsenen wieder Fußball spielen dürfen?"

„Fußball gucken tun Kasimir und Jonathan doch beide gern. Das bringt etwas Abwechslung in unsere Isolation. Ich weiß gar nicht, warum du dich so aufregst."

„Ich rege mich auf, weil wieder das Geld regiert. Unsere Kinder müssen zur Schule, verstehst du das nicht?" Mona wurde ungeduldig. „Sie brauchen einen geregelten Tagesablauf und da gehört es dazu, in die Schule zu gehen. Außerdem verpassen sie so viel, was ich ihnen nicht vermitteln kann."

„Zur Schule gehen werden die beiden noch lange genug."

„Was willst du denn damit sagen? Meinst du, sie sollten diese Klasse vielleicht wiederholen? Wenn dieser Lockdown nicht bald endet, fehlt ihnen fast ein halbes Schuljahr."

„Aber das fehlt ihren Mitschülern genauso", versuchte Helge sie zu beruhigen.

„Ach", antwortete Mona schnippisch. „Und wie sollen sie das alle aufholen? Wenn sie das kleine Einmaleins nur bis sechs gelernt haben und dann in die nächste Klasse kommen, fragt kein Lehrer danach. Dann muss einmal sieben, einmal acht, einmal neun und einmal zehn sitzen. Oder meinst du etwa, dass ein späterer Arbeitgeber dann sagt: Ach ja, ihr gehört ja in den Jahrgang 2019/2020 da könnt ihr das ja nicht wissen!? Ich glaub wohl kaum. Und das wird in anderen Fächern auch so sein."

„Aber das Einmaleins beherrschen sie doch alle beide." Helge verstand das Problem nicht.

„Aber das ist doch nur ein Beispiel. Ach, du verstehst mich nicht. Du machst ja auch keine Hausaufgaben mit ihnen."

„Und was hat das Ganze jetzt noch mal mit Fußball zu tun?" Helge sah Mona verständnislos an.

Mona schüttelte den Kopf. Hatte er wieder nicht zugehört? Redete sie böhmisch? Sie musste raus, sonst hätte sie ihrem Mann vermutlich etwas an den Kopf geworfen. Sie drehte sich um und ging zur Tür hinaus, die sie laut krachend hinter sich ins Schloss fallen ließ.

Mona telefonierte mit ihrer Mutter und klagte ihr Leid. Rieke hörte zu. Sie verstand sie nur zu gut.

So viele Betriebe standen vor dem aus, weil der Lockdown ihnen die Möglichkeit auf Einkünfte nahm. Die Regierung hatte zwar einige Schutzpakete geschnürt. So konnten Betriebe, denen es schlecht ging, finanzielle Hilfen erhalten. Aber diese sollten in Form von zinslosen Krediten erfolgen und auch sie würden irgendwann wieder zurückgezahlt werden müssen. So manches Unternehmen war schon vor der Pandemie wegen Neuanschaffungen oder Renovierungs-kosten verschuldet. In so einem Fall wollte keiner der Betroffenen noch weitere Kredite aufnehmen. Also versuchte jeder das Beste aus der Situation zu machen. Gastronomen boten an, Essen ins Haus zu liefern. Aber nur wenige Menschen waren bereit, sich beliefern zu lassen. Jeder achtete auf seinen Geldbeutel. Wer wusste schon, was noch auf alles auf sie zukommen würde.

Und dann gab es noch eine weitere Gruppe, die Unterstützung forderte, von der bislang niemand gesprochen hatte. Die Veranstalter, Künstler, Aussteller, Bühnenbauer- und Techniker machten erst vorsichtig, dann aber immer verschärfter auf sich aufmerksam. Sie alle hatten keinen großen Dachverband, der ihnen irgendwelche finanzielle Hilfen verschaffte. Besonders die Künstler hatten aufgrund geringer Verdienste selten eine Arbeitslosen- oder Ausfallversicherung, auf die sie in diesen Zeiten zugreifen konnten. Sie konnten nicht auftreten, Lesungen und Vernissagen fanden nicht statt. Messen und Märkte waren abgesagt worden. Eine ganze Branche war vergessen worden und ging jetzt mit Pauken und Trompeten unter. Und niemanden schien es im Land der Dichter und Denker zu kümmern. Den Leidtragenden wäre normalerweise der Gang zum Sozialamt geblieben. Aber auch die waren vom Lockdown betroffen, also geschlossen.

In dem kleinen Ort, in dem Rieke und ihre Familie lebten, wurde in jedem Jahr das Schützenfest gefeiert. Dann kamen Schausteller mit ihren Fahrgeschäften und Wurfbuden. Der Festwirt stellte ein Zelt hin, das für etwa siebenhundert Feiernde ausgelegt war. Auch dieses Fest war ebenso wie in allen anderen Ortschaften abgesagt worden.
Sogar die Kirchen hatten geschlossen. Es hatte weder einen Ostergottesdienst noch Konfirmationen oder Hochzeiten gegeben. Beerdigungen wurden nur im ganz kleinen Kreis durchgeführt.

Eines Tages erhielten Rieke und Matthias einen Brief von ihrem Stammgast Bernhard Dammschild aus Köln. Es war eine Trauerkarte. Darin stand, dass seine Frau Trude nach kurzer schwerer Krankheit verstorben war. Rieke war tief getroffen. Sie nahm sich fest vor, Herrn Dammschild anzurufen. Aber sie wollte ihm und sich selber noch etwas Zeit geben, bevor sie das tat. Erst einmal musste sie selber mit dieser Nachricht klar kommen.

Ende Mai gab es für Rieke schon eine leichte Verbesserung. Sie durfte in ihrer Ferienwohnung wieder Gäste beherbergen. Allerdings waren die geforderten Hygieneregeln so hoch, dass sie fürs Erste darauf verzichten wollte. Also blieb die Wohnung vorerst leer.

Juni 2020

Das Pfingstfest fand am ersten Wochenende im Juni statt. Bei wunderschönem warmem Wetter zog es die Menschen an die Strände, sodass diese schnell überfüllt waren. In den Nachrichten war von kilometerlangen Staus die Rede.

Die Strandkorbbesitzer hatten durch das Aufstellen ihrer Körbe alles dafür getan, das eine schöne Sommersaison gewährleisten sollte. Aber die Abstandsregeln wurden von den Sonnenhungrigen umgangen, indem sie es sich auf Handtüchern und Wolldecken zwischen den Körben bequem machten. Alle Warnungen und Mahnungen zum Thema Abstand halten, wurden ignoriert. Genervt hatten die Bürgermeister sich nicht anders zu helfen gewusst und ihre Urlaubsgebiete gegen Anreisende abgeschirmt.

Dennoch sank die Zahl der Infizierten weiter. Endlich durften die Kinder wieder in die Schule. Zwar gab es verwirrende Vorgaben (die Klassen wurden geteilt und Jonathan besuchte die Schule von acht bis um zehn Uhr und Kasimir sollte von elf bis dreizehn Uhr Unterricht haben), aber Mona war damit schon ganz zufrieden. Es war ein Anfang. Der Rest würde sich finden. Damit sollte sie Recht behalten.

Ein neues Wort machte im Zusammenhang mit der Pandemie die Runde. „Aerosole". Der

Bundesgesundheitsminister hatte mittlerweile dafür gesorgt, dass Krankenhäuser mit Masken versorgt wurden, um das Austreten von Aerosolen zu vermeiden. Aerosole seien nach Meinung der Virologen dafür verantwortlich, dass die Infektion von Mensch zu Mensch übertragen werden konnte. Jetzt hatte die Gefahr einen Namen.

Ständig kam man zu neuen Erkenntnissen. Einer der führenden Virologen zu diesem Thema informierte die Öffentlichkeit ebenso wie die Politiker. Hierfür erntete er von einer Seite Lob (später wurde ihm das Bundesverdienstkreuz verliehen). Auf der anderen Seite standen seine Gegner, die ihm widersprachen und ihn in den einschlägigen Medien für den Untergang der Wirtschaft und alles andere verantwortlich machten. Es setzte ihm dermaßen zu, dass er sich aus der Öffentlichkeit zurückzog und die Führung der Interviews zu dem Thema Corona, dem Chef des Instituts für Infektionen überließ.

Über ihre Freundin Luise, die schon ein paar Wochen nichts mehr von sich hatte hören lassen, tratschte man im Dorf, dass sie immer noch auf der Seite der Leugner stünde. Unbelehrbar besuchten sie und ihr Mann Hannes Demonstrationen von Corona-Gegnern.

Selbstredend trugen sie beide dabei keine Masken.

Eines Tages wollte Luise Brötchen vom Bäcker holen. Schon beim Betreten des Geschäfts wurde sie von der Verkäuferin auf das Fehlen der Maske aufmerksam gemacht. „Ja, ja. Hab ich vergessen", antwortete Luise nur und fuhr unbeirrt fort: „Bitte fünf Brötchen von den Ofenfrischen." Da Luise in dem Moment die einzige Kundin im Geschäft war und die Verkäuferin sich hinter einem Spuckschutz in Form einer durchsichtigen Wand sicher fühlen konnte, gab sie Luise die Brötchen und nahm das Geld entgegen. Luise verabschiedete sich und ging.

Ein paar Tage später betrat Luise abermals ohne Maske die Bäckerei. Zufällig traf sie auf dieselbe Verkäuferin, die sie wieder auf das Fehlen der Maske ansprach. Und wieder antwortete Luise: „Ja, ja. Habe ich vergessen." Aber diesmal ließ die Verkäuferin sich nicht abwimmeln. „Dann holen Sie sich bitte ihre Maske", sagte sie. „Ansonsten haben wir hier auch welche zu kaufen. Eine kostet zwei Euro."
„Ja, ja." Luise winkte ab. „Ich wollte ja nur ein paar Brötchen kaufen. Dann bin ich auch schon wieder weg."

„Es tut mir leid", antwortete die Angestellte. „Ich darf sie nicht bedienen, wenn Sie keine Maske tragen. Und jetzt bitte ich sie, das Geschäft zu verlassen." Inzwischen waren weitere Kunden eingetroffen.

„Das gibt es doch gar nicht." Luise wurde sehr laut. „Ich möchte Brötchen kaufen und mich nicht von Ihnen belehren lassen. Jetzt geben Sie mir endlich meine Bestellung. Dann gehe ich auch schon wieder."

„Es tut mir leid", wiederholte die Frau hinter dem Tresen nochmals. Aber ich bitte Sie, sich eine Maske zu holen."

In der Zwischenzeit hatten sich weitere Kunden versammelt, die mit gebührendem Abstand zueinander vor der Bäckerei darauf warteten, eintreten zu dürfen.

„Das ist doch nicht möglich", empörte sich Luise. „Ich bestehe auf mein Grundrecht zur freien Meinungsäußerung und möchte sofort die Brötchen haben. Sonst werden Sie mich kennenlernen." Sie sah sich um und wartete auf Applaus der anderen. Aber nichts geschah. Jeder tat, als ob er nichts mitbekommen hätte oder sah betreten auf den Boden.

„Und ich mache jetzt von meinem Hausrecht Gebrauch und erteile Ihnen Hausverbot. Bitte gehen Sie jetzt."

Luise setzte sich dickfellig auf einen der Sessel, die im Vorraum standen und für Kaffeegäste vorgesehen waren. „Ich gehe nicht, bevor ich nicht meine Brötchen bekommen habe."

„Dann rufe ich die Polizei", drohte die Verkäuferin und nahm den Hörer in die Hand.

Unter den Zuschauern, die sich mittlerweile vor dem Laden eingefunden hatten, befanden sich auch zwei junge Männer. Sie hatten die Diskussion verfolgt. Nun mischte sich einer der beiden ein: „Moment, das erledigen wir gleich", sagte er, und: „Pack mal mit an", wies er einen anderen Mann an.

In Sekundenschnelle hatten sie den Sessel mitsamt Luise hochgehoben und nach draußen befördert. Sie wusste gar nicht, wie ihr geschah, so schnell war alles geschehen. Luise sprang auf und verließ unter lautem Gejohle der Zuschauer den Platz.

„Unfassbar", meinte einer der beiden Männer zur Verkäuferin und schüttelte ungläubig den Kopf.

„Ja! Und ich bin mir sicher, dass sie es morgen bei meiner Kollegin wieder versuchen wird", antwortete die Verkäuferin.

„Es gibt sie überall. Die beratungsresistenten Coronaleugner. Wegen solcher Menschen werden wir noch lange Einschränkungen in unserem Alltagsleben haben und Masken tragen müssen", murmelte eine junge Frau. Unter ihrer Maske war sie kaum zu verstehen.

„Es wird doch immer uns jungen Leuten die Schuld gegeben, wenn die Zahl der Infizierten wieder steigt", mischte sich der junge Mann ein, der beim Hinaustragen geholfen hatte. „Ständig heißt es, dass die Jungen durch ihr unachtsames Verhalten die „Superspreader" sind, die für die Verbreitung des Virus sorgen. Dabei ist die doch gar nicht mehr so jung."

„Das stimmt wohl." Der zweite Träger nickte ihm freundlich zu. „Da sieht man mal, dass Klugheit nicht unbedingt mit dem Alter wächst."
„Na, mit Klugheit hat es ja auch nichts zu tun, wenn man eine Maske trägt. Das ist wohl mehr Rücksichtnahme, also das Zeichen einer guten Kinderstube. Schließlich heißt es doch immer, dass wir mit der Maske die anderen schützen."
„Besonders die Alten und Kranken, die sowieso schon geschwächt sind", stimmte die junge Frau

ihm zu. „Dennoch glaube ich, dass, wenn wir alle Masken tragen, wir uns damit auch selber schützen."

„Wenn alle Masken tragen würden, dann müsste das Virus doch bald ausgestorben sein, oder?"

„Eigentlich schon. Aber es gibt ja immer die eine oder andere Situation, in der man eben doch gerade keine Maske trägt."

„Zum Beispiel?"

„Fällt mir jetzt gerade nichts ein. Zu mindestens nichts, was gerade erlaubt ist", sagte der junge Mann zögernd.

„Zum Beispiel beim Fußball." „Ja stimmt", wunderte sich der Jugendliche. Warum war ihm das nicht eingefallen?
„Das habe ich sowieso nicht verstanden, wie sie das wieder erlauben konnten, obwohl mein Kind immer noch nicht wieder in die Krippe durfte."

„Der Deutsche Fußballbund hat nun mal einen sehr hohen Stellenwert. Sowohl für die Bevölkerung als auch als Wirtschaftsfaktor."

„Ja, ja, das kenne ich schon. Die haben es seinerzeit so dargestellt, dass nicht nur die

Fußballer kein Geld verdienen würden, sondern auch die Bratwurst- und Getränkeverkäufer in den Stadien. Und was ist jetzt? Es gibt keine Zuschauer, weil keine erlaubt sind. Also braucht man auch keinen Bratwurst- beziehungsweise Getränkestand. Das heißt - es verdienen doch wieder nur die, die sowieso schon genug haben."

„Der Nächste bitte", unterbrach die Verkäuferin die Diskussion.

Und so war der Aufstand, den Luise veranstaltet hatte, von allen Beteiligten für den Moment wieder vergessen worden.

Als Rieke davon hörte, schüttelte sie nur ungläubig ihren Kopf. Was hatte sie für Freunde? So kannte sie die beiden gar nicht. Natürlich war man sich nicht in allem einig.
Matthias und Hannes hatten auch schon Streitgespräche geführt. Meist ging es dabei um Politik. Auch Luise und sie selber hatten ihre Dispute. Aber dass Luise sich dermaßen die Blöße gab und sich aus einer Bäckerei tragen ließ, verwunderte Rieke sehr.

Sollte sie Luise vielleicht mal besuchen? Vielleicht hatte man sich zu wenig um die beiden gekümmert.

Rieke setzte sich auf ihr Rad und fuhr zum Haus ihrer Freunde. Als Luise ihr die Tür öffnete, war sie sichtlich erfreut über den Besuch und wollte ihre Freundin in den Arm nehmen. Rieke wich jedoch erschrocken zurück.

„Nein", winkte sie energisch ab. „Lass uns lieber den Coronagruß machen."

Sie hielt Luise den Ellenbogen hin und erwartete, dass Luise ebenfalls mit ihrem Ellenbogen anstieß.

Aber Luise reagierte aufbrausend: „Wenn du so anfängst, dann kannst du gleich wieder gehen. Du glaubst doch wohl nicht, dass ich diesen Scheiß mitmache. Was kommt denn da als Nächstes? Setzt du deine Maske auf, wenn ich dich ins Haus bitte?"

Tatsächlich fühlte Rieke ihre Maske, die wie Blei in ihrer Jackentasche lag. „Ach Luise", seufzte Rieke. „Können wir uns nicht wie normale Menschen unterhalten?" Lass uns doch in deinen Garten setzen."

Luise winkte Rieke durch das Haus auf die Terrasse. Höflich wie immer bot sie ihr Kaffee an und Rieke setzte sich auf einen der Stühle.

„Hier habt ihr es ja wirklich schön." Rieke war ehrlich begeistert von Luises Garten. „Da kannst du die Sonne ja ausgiebig genießen."

„Das stimmt. Das Wetter in diesem Jahr ist aber auch herrlich. Ich genieße jede freie Minute. Leider haben Hannes und ich zu wenig Zeit." Luise betrachtete ebenfalls seufzend ihre Beete.
Rieke sah sie fragend an.

„Nun wir fahren seit einigen Wochen regelmäßig in verschiedene Städte, um die „Querdenker" zu unterstützen."

„Was bitte, sind „Querdenker", fragte Rieke.

„Die Querdenker sind eine Gruppe von Menschen, die sich nicht einfach mit den Einschränkungen zum Thema Corona abfinden. Wir demonstrieren für unser Grundrecht auf Selbstbestimmung. Wir wollen uns nicht vorschreiben lassen, dass wir Masken tragen müssen. Dieser Erlass widerspricht dem Grundgesetz. Wir lassen uns nicht in unser Leben dreinreden. Wir gehören nicht zu der Herde Schafe, die sich alles diktieren lassen, ohne aufzumucken. Wir sind das Volk. Die Regierung sollte auf uns hören."

Rieke hatte das Gefühl, Luise probte als Sprecherin für eine Kundgebung. Sie war erschüttert über ihre Freundin. So hatte sie sie noch nie erlebt.

„Glaubst du wirklich, Matthias und ich gehören zu den Schafen?"

„Ja, das glaube ich", antwortete Luise ihr mit fester Stimme.

Mit dieser Aussage war das freundschaftliche Band, das beide zueinander hatten, gerissen. Rieke hatte ihrer Freundin nichts mehr zu sagen. Nach ein paar kurzen Floskeln, die sie miteinander gewechselt hatte, verabschiedeten sie sich. Rieke war sich sicher, dass das für lange, lange Zeit das letzte Treffen zwischen ihnen gewesen war.

Juli 2020

Monas Mann Helge hatte eigentlich vor gehabt, gemeinsam mit seinen Kegelbrüdern eine Reise zum Ballermann nach Mallorca anzutreten. Nachdem die Infektionszahlen auf den Balearen aber wieder gestiegen waren, hatten sie sich entschieden, zu Haus zu bleiben. Nach einer Reise in Risikogebiete sollte der Reisende bei Rückkehr einen Coronatest machen lassen. Danach wurde von ihm verlangt, sich in Quarantäne zu begeben bis gewährleistet sei, dass er sich nicht angesteckt hatte. Selbst wenn sich niemand infizierte - die Zeit, die es benötigte, auf das Ergebnis zu warten, war allen dann doch zu lang. Keiner konnte oder wollte es sich leisten, auf der Arbeitsstelle zu fehlen.

Auch der Urlaub mit den Kindern war ins Wasser gefallen. Was das anbetraf, waren Monas Gefühle sehr gespalten. Auf der einen Seite war sie traurig, denn sie hatte den Urlaub bitternötig. Auf der anderen Seite musste sie sich eingestehen, dass ein Familienurlaub nach der Zeit mit Homeoffice und Homeschooling sehr anstrengend geworden wäre. Das Wetter war heiß und sonnig. So konnte man es auch zu Haus aushalten.

Jetzt, da die Kinder die Großeltern trotz der geltenden Abstandsregeln wieder besuchten, wurde es leichter für alle. Mona und Rieke hatten das für sich so geregelt, damit sich die häusliche

Situation der jungen Familie etwas entspannte. Die Jungs waren häufig bei Rieke und Matthias, aßen dort zu Mittag und fuhren mit Matthias aufs Feld. Kasimir hatte dabei schon selber den Trecker lenken dürfen. Und Opa Matthias war stolz wie Oskar auf ihn.

Innerhalb Deutschlands hielt sich die Zahl der Neuinfektionen in Grenzen. Trotzdem mahnten die Politiker immer wieder vor der Ansteckung. Alle hatten Angst, was passieren würde, wenn die Menschen die Gefahr herunterspielten und sich wieder verhielten, als sei nichts gewesen. Aber jeder sehnte sich nach ein wenig Normalität.

Mona unternahm mit den Kindern so viel sie nur konnte an der frischen Luft. Sie fuhren mit dem Rad und erkundeten die nahe Umgebung. Den einen Tag verbrachten sie im Zoo. Einen anderen Tag liefen sie durch die blühende Heide. Sie beobachteten dabei Schafherden und entdeckten Pilgerwege. Jonathan beschloss, dass er auch mal von Stade bis nach Konstanz pilgern würde, wenn er groß sei. Seine Mutter wünschte sich im Stillen, dass das noch etwas dauern würde.

Das Essen für unterwegs hatten sie sich mitgenommen, damit sie nicht in einem der Restaurants einkehren mussten. Einmal wurden sie dabei von einem Schauer überrascht und mussten in einer Holzhütte Unterschlupf suchen. Andächtig hörten sie dem Tropfen des Regens auf dem Reetdach zu und stellten fest, dass es sich ganz anders anhörte als auf den Dachziegeln zu Hause.

Abenteuerurlaub light, dachte Mona amüsiert.

Am Abend besuchten sie noch einmal die Großeltern. Rieke saß wieder an der Nähmaschine und nähte bunte Masken. Mona hatte ihr die Möglichkeit eingerichtet, diese im Internet zu zeigen und zu verkaufen. Dadurch hatte sie ständig Anfragen nach neuen Masken. Dennoch war Rieke niedergeschlagen. Sie reichte Mona einen Brief, der sehr amtlich aussah. Mona las ihn.

Matthias, der von dem Inhalt des Briefes an Rieke bereits Kenntnis genommen hatte, schimpfte fürchterlich: „Die sind doch bekloppt. Da tut Rieke was für die Allgemeinheit und bekommt eine Abmahnung. Fünftausend Euro Strafe soll sie zahlen, weil sie die Masken im Internet verkauft. Als ob wir uns daran eine goldene Nase verdienen würden."

Mona legte den Brief aus der Hand: „Ach Papa, darum geht es hier doch gar nicht. Mama soll das Geld nicht zahlen, weil sie Masken näht, sondern weil wir im Internet geschrieben haben, dass es sich um einen Mund-Nasen-Schutz handelt, den sie dort anbietet."

„Sag ich doch", fluchte Matthias weiter. „Aber wenn man mal ein paar Euros dazuverdient, dann kommt gleich jemand, der was davon abhaben will."

„Reg dich nicht auf, Papa. Hier geht es nicht darum, dass Mama Masken verkauft", wiederholte Mona nochmals, „hier geht es darum, dass sie die so nicht nennen darf."

Zu Rieke gewandt sagt sie: „Das werde ich schnellstens ändern. Dann schreiben wir eben Alltagsmasken. Als wenn das jetzt so schlimm wäre."

„Aber die fünftausend Euro, die ich dafür bezahlen soll." Rieke klang resigniert.

„Die zahlst du natürlich nicht. Ich werde das mal einem Anwalt übergeben. Mal sehen, was der dazu sagt."

„Aber der kostet doch auch wieder Geld."

„Aber keine fünftausend Euro. Ich werde mal mit Herrn Bloch sprechen. Der kennt sich damit aus. Danach können wir entscheiden, was wir tun."

„Wie gut, dass ich wenigstens wieder Feriengäste habe. Wer weiß, was uns das noch kosten wird." Rieke war sehr niedergeschlagen. „Aber Masken verkaufe ich erst einmal nicht mehr."

„Mama, wenn du Spaß daran hast, dann nähe weiter. Wir brauchen sicherlich noch einige. Und die Bezeichnung ändere ich im Netz sofort."

„Soweit kommt es noch. Rieke, du hörst sofort auf damit", mischte Matthias sich ein. „Nachher kommen wir noch in Teufels Küche wegen so was. Wer weiß, was die noch finden. Nachher verklagt uns noch jemand, weil deine Masken nicht so professionell aussehen, als wenn sie aus der Fabrik kommen."

„Reg` dich doch nicht schon wieder so auf Papa. Wir kriegen das schon wieder hin."

„Ach so, wir kriegen das schon wieder hin. Bezahlst du vielleicht die Geldstrafen? Nein, nein. Schluss damit. Sonst schmeiß ich die Maschine aus dem Fenster", schrie Matthias und verließ wutentbrannt den Raum.

Mona blickte ihm verschreckt nach. Was war nur in ihn gefahren?

Rieke sank mutlos auf den Stuhl zurück. Mona sah sie fragend an: „Was ist denn los? Geht es dir nicht gut? Du bist ja kreidebleich geworden. Warte, ich hole dir ein Glas Wasser."

Während Mona in der Küche verschwand, versuchte Rieke wieder auf die Beine zu kommen. Sie wollte sich nicht gehen lassen. Auch sollte ihre Tochter nicht merken, wie sehr sie durch Matthias Verhalten an Kraft eingebüßt hatte. Aber so ging es auch nicht weiter. Die ohnehin schon schwierigen Verhältnisse wurden durch die Coronakrise noch verschärft, das hatte Rieke auch zu spüren bekommen. Doch wenn sie jetzt nicht beide an einem Strang zogen, dann würden sie alles verlieren.

Mona brachte ihr das Glas Wasser und setzte sich zu ihrer Mutter. „Was ist denn", fragte sie nochmals nach.

„Ach dein Vater ist oft so unbeherrscht. Das ist aber auch kein Wunder. Er macht sich eben auch Sorgen. Stell` dir mal vor, was passieren würde, wenn einer von uns das Virus bekäme. Wir dürften keine Feriengäste mehr beherbergen und könnten uns nicht um die Ernte kümmern. Das ist eine bedrohliche Lage, in der wir uns jetzt alle befinden."

„Aber Mama, die Zahlen gehen doch gerade zurück. Da mach dir man keine Sorgen."

„Ich weiß. Aber die Hochzeit deines Bruders kommt auch und niemand weiß, ob und wie sie stattfinden kann. Laut den neuesten Verordnungen darf sie nur mit fünfzig Gästen stattfinden und er hat einhundert eingeladen. Er macht sich doch strafbar, wenn er das durchzieht. Und der Wirt, bei dem er feiern will ebenso."

Mona wusste, dass ihr Bruder Ben das nicht so eng sehen würde. Notfalls würde er sich über derartige Vorgaben hinwegsetzen, ohne die Konsequenzen zu bedenken.

Wider besseren Wissens widersprach sie ihrer Mutter, um sie zu beruhigen. „Da wird Anna auch noch ein Wörtchen mitzureden haben. Du wirst schon sehen. Nachher kommt alles ganz anders. Vielleicht verschieben sie die Hochzeit. Oder der Wirt lässt sie nicht feiern. Wer weiß schon, was im nächsten Monat ist."

„Das ist es ja. Nichts ist mehr berechenbar. Ich wünsche den beiden doch nur eine schöne Hochzeitsfeier. So wie sie es sich vorgestellt haben. Aber aus heutiger Sicht darf man das Brautpaar ja nicht einmal umarmen, um zu beglückwünschen."

„Na ja. Wir werden jedenfalls das Beste dazu beitragen, dass es eine Hochzeit wird, an die alle noch lange freudig zurückdenken."

In dem Moment kam Matthias wieder herein. „Ist noch kein Abendbrot fertig", fragte er schroff.

Rieke erhob sich, um den Tisch zu decken. „Ist es schon wieder so spät? Es ist noch so hell draußen. Soll ich im Garten decken?"

„Im Garten? Zwischen den Bienen und Wespen? Damit wir noch gestochen werden?"

„Also Papa, jetzt hör` doch mal auf mit deiner Schwarzseherei. Es ist noch so schön. Was ist denn bloß mit dir los? Wieso bist du denn so schlecht gelaunt? Das geht jetzt schon seit Monaten so. Tut dir irgendetwas weh? Geh` bloß mal zum Arzt."

„Mir tut nichts weh", gab Matthias missmutig zurück. „Was soll ich da beim Doktor."

„Vielleicht ist ja irgendetwas mit deinem Blutdruck nicht in Ordnung. Oder du kommst in die Wechseljahre. Das soll es ja auch bei Männern geben, habe ich gehört." Mona lachte.

Hätte Rieke so etwas angedeutet, dann wäre Matthias sicherlich im Karree gesprungen. Mona durfte das sagen.

„Nein wirklich, Papa. Das ist kaum noch auszuhalten mit dir. Nun geh´ schon zum Arzt.“

„Meinst du wirklich? Na dann, Rieke, ruf den Doktor mal an und lass dir mal einen Termin für mich geben. Schaden tut es ja nichts.“

Rieke sah ihn überrascht an. Wie oft hatte sie ihm schon angeboten, den Doktor zu konsultieren und immer hatte er erbost abgelehnt. Kaum war seine Prinzessin da, hatte er keine Einwände mehr.
In Zukunft werde ich Mona gleich anrufen, wenn ich will, dass Matthias etwas tun soll, dachte Rieke.
Einige Tage später nahm Matthias seinen Termin bei seinem Hausarzt wahr. Rieke hatte ihn mit Maske ausgestattet, aber schon beim Anlegen schimpfte er wieder über diesen Unfug, wie er es nannte.

Vor der Tür des Hausarztes hatte sich bereits eine Menschenschlange gebildet. Alle warteten darauf, dass die Tür zur Praxis geöffnet wurde. Allerdings sah die Reihe der Wartenden länger aus, als das sie tatsächlich war. Ordnungsgemäß hielten die einzelnen Personen einen und einen halben Meter Abstand zueinander. Nachdem die maskierte Arzthelferin den Eingang aufgeschlossen hatte, betraten die ersten Personen die Anmeldung. Aus der Ferne konnte Matthias beobachten, dass sich die Patienten an einem Spender die Hände desinfizierten. Danach wurde ihnen Fieber gemessen und das Ergebnis wurde notiert. Dann nahm eine Schwester die Daten auf und las die Chipkarte aus. Schließlich wurde Matthias ins Wartezimmer beordert, indem er Platz nahm.

Früher war das nicht so umständlich und es ging alles viel schneller, dachte er.

Zeitungen lagen dort auch nicht mehr. Matthias blickte über seine Maske hinweg in die Gesichter der anderen Wartenden. An seinem Gegenübersitzenden blieb sein Blick hängen. Das Gesicht glaubte er zu erkennen, aber er war sich nicht sicher. Plötzlich kratzte ihm etwas im Hals. Er hatte das Gefühl, Husten zu müssen. Aber er traute sich nicht, es zu tun, aus Angst, dass man ihn verdächtigen würde, Corona zu haben. Immer wieder versuchte er Spucke zu sammeln, um so das Kratzen wegzuspülen. Es gelang ihm nicht und so prustete er in seine Armbeuge. Es war ihm sehr peinlich.

Der Mann, der ihm so bekannt vorkam, meldete sich zu Wort und fragte: „Matthias, bist du das?"

„Jooa", lächelte Matthias gequält, immer noch bemüht, einen weiteren Anfall zu unterdrücken. „Ach du bist es Hannes. Du kamst mir gleich so bekannt vor. Aber mit diesen Masken, man weiß ja nie."

„Wie es dir geht, brauche ich ja nicht zu fragen, oder?" Hannes sah Matthias mitleidig an. „Bist du wegen deinem Husten hier?"

„Nein, nein. Ich hatte gerade ein Kratzen im Hals. Aber man traut sich ja kaum noch zu niesen, damit niemand denkt, man hätte Corona", antwortete Matthias. „Da hätte mich diese Armada von Sicherheitsschwestern wohl schon isoliert."

„Du weißt aber schon, dass es so etwas wie Corona nicht gibt, oder?" Hannes runzelte die Stirn und fuhr fort: „Ich bin nur hier, um mir eine Befreiung zu holen, damit ich dieses Ding (er zeigte auf seine Maske) nicht tragen muss."

„Ach so", meinte Matthias nur. Er wollte nicht hier und vor den anderen Wartenden mit Hannes diskutieren. Erst recht nicht, weil man ihm berichtet hatte, dass Hannes und Luise zu den Verschwörungstheoretikern gehörten.

Matthias war auch nicht mit allem einverstanden, was die Politik zum Schutze gegen die Pandemie unternahm. Er litt unter den Verordnungen, aber er konnte sich partout nicht vorstellen, dass, wie von Hannes und Luise behauptet, die ganze Welt sich verschworen hätte und alles nur erfunden war. Dazu meldeten die Nachrichten jeden Tag viel zu viele Tote und Infizierte.

August 2020

Zur allgemeinen Freude hatte die Hochzeit dann doch stattgefunden. Zwar waren die Infektionen wieder leicht angestiegen. Aber zum Ende der Sommerferien hatten das auch alle erwartet. Dennoch befand man sich noch im grünen Bereich und kaum jemand machte sich Sorgen über die weitere Entwicklung.

Ben und Anna hatten allen Widrigkeiten zum Trotz und entgegen der Bedenken von Rieke im Garten ihres Elternhauses geheiratet. Dem Gastwirt hatte das Brautpaar abgesagt. Zu ungewiss war die Situation. Bis auf den letzten Tag könnte durch Regierungsbeschluss alles gecancelt werden müssen. Und wer sollte dann die Kosten tragen? Das, da waren Anna und Ben sich einig, wäre zu Hause etwas einfacher und letztendlich auch billiger.

Rieke hatte sich bei den Planungen zuerst sehr zurückgehalten. Ihr tat der Wirt leid. Sie wusste, dass dies nicht die erste Absage für ihn war. Wie sollte er das überleben? Und auch die vielen anderen? Ein großer Wirtschaftszweig stand plötzlich vor dem Aus. Auf der anderen Seite aber war da ihr Sohn, dem sie eine schöne Hochzeit nicht versagen wollte. Also tat sie alles, um Haus und Garten zu putzen und zu schmücken. Sie kümmerte sich um Helfer für Küche und Theke. Auch das gestaltete sich als schwieriger, als sie

111

geahnt hatte. Die meisten der Freunde waren eingeladen und trotzdem fand sich auf den letzten Metern noch jemand.

Dass die kirchliche Trauung ausfallen würde, war Rieke ein Dorn im Auge. Man hatte dem Brautpaar gesagt, dass es in der Kirche nur Platz für dreißig Personen gäbe. Unter den Bedingungen hätten sie nochmals Gäste ausladen müssen, also verzichteten Ben und Anna darauf.

Zu diesem Zeitpunkt betrug die erlaubte Anzahl der geladenen Gäste fünfzig Personen. Im Garten konnte man sich ausbreiten.

Wie schön, dachte Rieke, als sie aus ihrem Fenster im Dachgeschoss am Morgen der Hochzeit auf den hergerichteten Garten mit seinen mit weißen Hussen bekleideten Tischen und Bänken blickte. Überall standen Gläser mit Kerzen, flatterten altrosafarbene Bänder und Luftballons in Herzform. Lichterketten hingen zwischen den Bäumen und Sträuchern. Ein weißes Zelt, in welchem am Abend zuvor bereits für das Essen gedeckt worden war, leuchtete in der Morgensonne. Vermutlich würden sie es nicht benötigen, der Tag versprach, sonnig und warm zu werden.
Die geladenen einhundert Gäste waren benachrichtigt worden. Der erste Teil, die

Verwandtschaft, erschien schon am Vormittag. Dann fand die standesamtliche Trauung statt und danach gab es ein gemeinsames Mittagessen, das ein Cateringservice geliefert hatte. Zum Abend, wenn die ersten Gäste das Fest verlassen hätten, wurden die Freunde erwartet. Die Neuankömmlinge wurden durch einen Foodtruck verköstigt. Dazu gab es Musik vom: „Plattenteller" hätte man früher gesagt. Tatsächlich hatte ein befreundeter DJ seine Anlage mitsamt Scheinwerfern aufgebaut und erfüllte die Wünsche der Gäste. Laut Verordnung war das Tanzen nur mit den Personen, die am gemeinsamen Tisch saßen, erlaubt. Und der Mindestabstand von einen Meter fünfzig zu einem anderen Personenkreis als der eigenen Familie musste eingehalten werden.

Als „Lachhaft" hatte Ben das bezeichnet. Wer solche Verordnungen erließ, der hätte noch niemals eine Hochzeit auf dem Land mitgefeiert. Fünfzig Personen – okay- Tanzen? Es waren sowieso alle Solotänzer. Die Einzigen, die miteinander tanzten, war die Generation seiner und Annas Eltern. Aber einen Abstand von eineinhalb Metern einhalten? Dieser Vorsatz war spätestens nach dem zweiten Glas Cuba Libre vergessen.

Die kommenden zwei Wochen erlebte Rieke wie in Trance. Jeden Tag blätterte sie ängstlich die Zeitung durch. Immer auf der Suche nach Zahlen. Zahlen, die den Anstieg der Infektionen in ihrem Wohngebiet verkündeten. Aber sie blieben aus. Nach vierzehn Tagen konnte sie endlich aufatmen. Scheinbar hatte sich während der Feier niemand infiziert. Gott sei Dank! Ihr viel im wahrsten Sinne ein Stein vom Herzen. Erleichtert konnte sie sich endlich mit allen anderen über diese schöne Feier freuen.

Dennoch stiegen die Zahlen in ganz Deutschland wieder an. Überfüllte Strände, rücksichtsloses Verhalten bei nächtlichen Besuchen von Bars und Kneipen und Leichtsinnigkeit bei Einkäufen trugen dazu bei.

Die liebsten Urlaubsdomizile der Deutschen Mallorca und Kroatien und viele andere Länder wurden wieder zu Risikogebieten erklärt. Für den Besucher bedeutete dies oft, dass er bei der Einreise in Quarantäne musste und nach der Rückkehr wieder. Diese von Ländern unterschiedlich gehandhabte Regelung führte dazu, dass sich viele Menschen entschieden, gar nicht erst zu verreisen. Die, denen nichts anderes übrig blieb, weil sie beruflich dazu gezwungen waren, hatten auf einmal ein Problem ganz anderer Art: Durch das veränderte Reiseverhalten der Deutschen blieben viele Flieger am Boden und sie bekamen keinen Flug, weil es keinen gab. Auch die Bahn hatte schwere Zeiten. Oder besser das Personal. Denn plötzlich mussten Fahrkarten-Kontrolleure nicht nur Schwarzfahrer abmahnen. Jetzt hatten sie es auch noch mit Masken-verweigerern zu tun. Immer wieder kam es zu Verspätungen, weil die Polizei gerufen werden musste, um irgendwelche Querulanten, die ihre Maske unter der Nase, unter dem Kinn oder sogar überhaupt nicht trugen und sich dann noch empört über die Weisung der Schaffner zeigten, sie beleidigten oder sogar tätlich angriffen.

Auch Großveranstaltungen wie Konzerte und Messen blieben weiterhin verboten.

Seit einiger Zeit durften Wirte ihre Gaststätten und Restaurants mit großen Auflagen wieder öffnen. Deshalb hatten sich die zwei Paare auf Maries Betreiben hin zum Essen verabredet. Sie wollten ihren Lieblingsgriechen aufsuchen. Wer wusste schon, wann der nächste Lockdown so einen Besuch wieder vereiteln würde.

Im Restaurant angekommen, bemerkten sie schnell die Veränderungen, die der Besitzer vorgenommen hatte. In dem Gastraum standen nur noch wenige Tische und diese waren im Gegensatz zu früher nicht mehr festlich mit Tischdecken gedeckt, sondern nur mit einer Kerze in der Mitte bestückt. Aus der Ferne grüßte der Wirt die bekannten Gesichter. Der Kellner brachte ihnen ein Formular auf dem sie ihren Namen, Anschrift und Telefonnummern hinterlassen mussten.

„Und was ist mit Datenschutz", monierte Matthias. Aber niemand antwortete ihm.

Rieke stellte gegenüber Marie leise fest, wie komisch es doch sei, von Saki nicht mehr zur Begrüßung in den Arm genommen zu werden.

Marie zuckte nur mit den Schultern. „Ist jetzt nun mal so!"

Nachdem sich die Freunde mit köstlichen Vorspeisen und Hauptgericht gestärkt hatten, erhielten sie wie gewohnt einen Gruß aus der Küche in Form eines leckeren Kuchens. Der liebliche Rotwein ließ ein Wohlgefühl bei Rieke aufkommen, das sie lange nicht mehr verspürt hatte.
Zum ersten Mal seit Langem unterhielten sie sich stundenlang. Aber alles drehte sich um Corona.

Plötzlich kam das Gespräch auf das Ehepaar Dammschild. Marie hatte damit begonnen, weil sie sich fragte, ob eine Veranstaltung wie Karneval im kommenden Februar oder März wieder möglich sein würde.

„Hatte ich dir das nicht erzählt?" Rieke war etwas bedrückt.

„Was denn?"

„Trude Dammschild ist verstorben."

„Waaas?" Marie war tief erschüttert. „Nein, davon hast du nichts gesagt."

„Schon im Mai. Entschuldige, ich hatte vergessen, dass du die beiden ja kennengelernt hattest, sonst hätte ich dich angerufen."

„Aber sie war doch noch so fit. Weißt du, was sie hatte?"

„Corona! Ja, ich habe mit Bernhard Dammschild telefoniert, nachdem ich die Nachricht erhalten hatte. Er ist sehr unglücklich. Stellt euch mal vor. Die beiden waren im Februar gemeinsam mit vierhundert weiteren Gästen auf einer Karnevalssitzung. Die saßen dort dicht gedrängt in einer Halle, haben geschunkelt und gelacht. Niemand hatte damals etwas von Corona gehört. Also hat sich auch keiner Gedanken gemacht, wenn es ein wenig eng zuging."

"Oh nein. Und im betrunkenen Kopf haben sie sich dann womöglich alle in den Armen gelegen und Küsschen hier und Küsschen da – man kennt das ja."

„Vermutlich." Rieke stimmte Marie kopfnickend zu. „Jedenfalls hat sich auch später niemand gewundert, als die ersten Besucher Erkältungssymptome hatten."

„Eine Erkältung im Winter ist ja auch nichts Besonderes."

„Nur das es keine einfache Erkältung war. Das stellte sich dann aber doch recht schnell heraus. Plötzlich war Corona in aller Munde."

„Aber wurden dann nicht alle getestet? Die Virologen redeten doch ständig davon, dass Infektionsketten nachvollzogen werden müssten."
„Aber Trude Dammschild hatte nichts, rein gar nichts. Sagt zumindest ihr Mann. Deshalb hat sie sich erst spät testen lassen."

„Und dann?"

„Bernhard Dammschild sagte, die hatten bei ihr sofort Corona diagnostiziert. Deshalb mussten beide in Quarantäne. Er selber auch, obwohl er sich nicht angesteckt hatte. Und obwohl es beiden gut ging."

„Wie jetzt? Ich denke, sie ist an Corona gestorben."

„Einige Wochen später sei es ihr plötzlich sehr schlecht gegangen. Aber weil das Fest schon länger als acht Wochen her war, hatten sie sich keine Gedanken gemacht. Einen Termin beim Arzt zu bekommen war auch sehr schwierig, also hatten sie es immer wieder aufgeschoben. Nach dem Motto, das würde schon nicht so schlimm sein."

„Oh!" Marie tat das alles sehr leid.

„Ja, und dann ging wohl alles sehr schnell. Trude Dammschild ging es immer schlechter, sodass ihr Mann den Notarzt rief. Der nahm sie gleich mit. Aber Bernhard Dammschild musste zurückbleiben. Das war das letzte Mal, dass er seine Frau gesehen hatte. Ins Krankenhaus durfte er nicht. Nach vier Tagen bekam er den Anruf, dass sie verstorben ist. Woran, das kann ihm heute keiner sagen. Aber der Arzt meinte, sie wäre an oder mit Corona gestorben."

„Was heißt denn an oder mit? Das verstehe ich nicht."

„Das habe ich ihn auch gefragt. Er meinte, es sei in der Praxis tatsächlich kaum zu unterscheiden, ob jemand an oder mit der Krankheit verstirbt. Weil man häufig nicht weiß, inwieweit eine Infektion oder eine eventuelle Vorerkrankung zum Tode beigetragen hat."

„Ach ist das alles nervig. Ich will, dass das aufhört. Ich will mein Leben wieder", stieß Marie traurig hervor. „Ich will wieder arbeiten gehen. Will meine Kinder besuchen, ohne Abstand zu halten. Will wieder einkaufen ohne diesem Ding im Gesicht. Ich will wieder in den Urlaub fahren und Eis essen. Ich will mir wieder Sorgen darüber machen, was ich morgen zum Essen koche oder was ich anziehe. Meine ganzen hübschen Kleider versauern im Schrank, denn wo sollte ich sie tragen. Ich will, dass das aufhört."
„Ich auch", sagte Rainer und nahm sie tröstend in den Arm.

September 2020

Auch im September war „Corona" das dominierende Thema in allen Nachrichten und Gesprächen. Dass Flüchtlinge im griechischen Ort Moria ihr Lager anzündeten (die dreckigste, heruntergekommenste und von sämtlichen EU-Ländern alleingelassene Flüchtlingsunterkunft) beschäftigte die Medien nur insofern, dass die Bewohner es selbst angezündet hätten, um ihm zu entkommen. Diese Meldung schien nur interessant, bis die ehemaligen „Insassen" in einem anderen Lager untergekommen waren. Warum „Insassen"? Weil sie es waren. Menschen, die sich auf eine beschwerliche Reise gemacht hatten, um Krieg und Hunger zu entkommen, wurden hier wie Häftlinge geparkt. Viele von Ihnen waren mehrere Jahre dort gefangen gewesen. Der einzige Ausweg, den sie selber beschreiten konnten, war der, wieder zurück in ihre Heimat und ihr Elend zu gehen. Viele von ihnen wussten, dass das den sicheren Tod bedeuten würde. Dann doch lieber in einem aus Decken und Hölzern provisorisch errichteten Zelt ausharren. Immer mit der Hoffnung verbunden, dass sie aus dieser Hölle eines Tages befreit werden würden.

Rieke wollte und konnte sie nicht mehr ertragen – die Bilder von den Menschen jeden Alters in ihren Behausungen. Sie suchte nach Ablenkung. Aber wohin sollte sie sich in diesen Zeiten wenden?

123

Fitnessstudios, Theater, Museen, Kinos alles war wegen Corona geschlossen.

Ihre Freundin Marie war im Homeoffice ans Haus gefesselt, weil sie ständig erreichbar sein musste. Abends wäre ein kurzes Treffen möglich gewesen, aber dazu fehlte Rieke die Kraft. Sie hatte den Eindruck, dass sie den ganzen Tag gefordert war. Zwar durfte sie wieder Feriengäste beherbergen und tat das auch. Aber sie musste dadurch auch sehr viel mehr Zeit für das Putzen und Desinfizieren aufwenden als vorher. Ständig machte sie sich Gedanken darüber, ob sie zu ihren Gästen genügend Abstand einhielt. Bevor sie deren Zimmer betrat, suchte sie regelmäßig ihre Maske für den Fall, dass ihr unverhofft einer der Besucher begegnete. Ständig gab es neue Verordnungen. Und jetzt stiegen auch noch die Zahlen. Rieke war es so leid. Abends fiel sie erschöpft ins Bett.

Zu Luise hatte sie überhaupt keinen Kontakt mehr. Man erzählte sich, dass Luise zu jeder Demonstration der „Querdenker", die irgendwo stattfand, unterwegs sei. Einmal sei sie dabei sogar verhaftet worden, munkelten die Leute hinter vorgehaltener Hand.
Matthias war auf dem Rückweg von einer Auslieferung mit seinem kleinen Transporter, als

er Hannes vor dessen Haus die Straße fegen sah. Er hielt an und beugte sich aus dem Seitenfenster.

„Wenn du hier fertig bist, kannst du zu uns kommen", rief er ihm schmunzelnd zu.

„Schaffst du das nicht allein, dass ich dir helfen soll", brummte Hannes zurück. Er sah ihn missmutig an.

„Welche Laus ist dir denn über die Leber gelaufen?"

„Die Laus ist eine Zecke und heißt Luise", antwortete Hannes grob.

„Hängt der Haussegen schief?" Neugierig lehnte Matthias sich weiter aus dem Fenster.

„Was würdest du denn sagen, wenn du mitten in der Nacht einen Anruf von einer Polizeistation in Berlin erhältst und dir gesagt wird, du sollest deine Rieke dort abholen?"

„Was?" Matthias stellte den Motor ab und stieg aus.
Hannes ließ den Besen am Zaun stehen und ging ihm ein paar Schritte entgegen. „Ja. Das kannst du mir glauben, dass das kein Spaß war. Nachts um halb zwei. Ich habe nur noch meine Stiefel

angezogen und eine Jacke übergeworfen und bin losgefahren. Da lässt die Alte sich verhaften. Ich habe schon immer gesagt, dass sie das mit dem Demonstrieren sein lassen soll. Aber nein. Madame musste ja in erster Reihe mitlaufen. Mensch, man kann sich ja über die ein oder andere Verordnung streiten, die die da oben erlassen. Und nicht immer ergeben diese Regelungen auch einen Sinn. Aber muss sie deswegen bei jeder Demonstration mitlaufen? Als ob sie sonst nichts zu tun hätte."

„Aber was ist denn gewesen, dass man sie verhaftet hat."

„Du kennst doch Luise. Sie wollte wieder mal jemanden retten. Der neben ihr stand, wurde von einem Polizisten zurückgestoßen und Luise wollte ihn auffangen, als er fiel. Er war aber viel zu schwer. Also fielen beide auf den Boden. Andere Teilnehmer der Demo dachten, der Polizist hätte meine Frau angegriffen und sind auf ihn los. Dadurch kam es zu einem heillosen Durcheinander und die Polizei nahm alle mit auf die Wache. Da konnte ich Luise dann wieder abholen."

Matthias schüttelte mit dem Kopf. „Aber warum warst du denn nicht mit zu der Demo? Ich dachte, ihr macht so was gemeinsam."

„Zu Anfang bin ich ja auch mitgefahren. Ich fand die Einstellung der Querdenker richtig. Und das mit dem Lockdown im März war für mich doch sehr übertrieben. Ich meinte, genau wie Luise auch, man müsse etwas tun, sonst geht die ganze Wirtschaft den Bach runter. Damals kannte ich auch keinen, der an Corona erkrankt war oder gar daran gestorben ist. Aber heute sehe ich das anders. Es kann doch nicht sein, dass Regierungen aus aller Welt sich verschworen haben, um alles herunterzufahren. Ich weiß zwar immer noch nicht, was es bringen soll, dass Kinder im Bus zusammengepfercht sitzen und im Klassenzimmer Abstand halten müssen. Aber ich habe eingesehen, dass die meisten Maßnahmen richtig und wichtig sind, damit uns nicht das gesamte Gesundheitssystem um die Ohren fliegt. So wie das gerade in den USA der Fall ist, wo der Präsident gesagt hat, man könne sich doch Desinfektionsmittel injizieren, um gegen diese Krankheit immun zu werden."

„Und was sagt deine Luise dazu?"

„Unbelehrbar sage ich nur - unbelehrbar. Obwohl sie mittlerweile von einigen Todesfällen im Bekanntenkreis gehört hat, weigert sie sich, die Gefahr zu sehen. Stell dir mal vor, sie hat letzte Woche sogar eine erkrankte Nachbarin besucht.

Jetzt sollte sie eigentlich in Quarantäne sein und zu Haus bleiben."

„Was heißt eigentlich?"

„Sie tut es nicht. Ich weiß nicht, was ich mit ihr machen soll. Sie setzt sich einfach in ihr Auto, fährt zu ihren Eltern oder zur Schwester und selbstverständlich auch einkaufen. Ich kann sie doch nicht einsperren. Dabei hatte ich gehofft, dass sie durch die Nacht in der Zelle geläutert sei."

„Das ist doch unverantwortlich." Matthias war entrüstet. Er klopfte Hannes aufmunternd auf die Schulter. „Die kriegt sich schon wieder ein."

„Unverantwortlich! !!" Rieke raufte sich die Haare, als Matthias ihr die Geschichte beim Abendessen erzählte. Wie konnte Luise sich derart rücksichtslos verhalten. Sich selber vor dem Virus nicht schützen, das war die eine Sache. Aber andere in Gefahr bringen, das ging gar nicht. Wann war sie ihr eigentlich zum letzten Mal begegnet. Neulich im Supermarkt an der Kasse. War das vor Luises Besuch bei der infizierten Nachbarin gewesen oder danach. Wann war das wohl? Rieke zermarterte sich den Kopf und ging in Gedanken die vergangenen Tage durch, um so festzustellen, ob sie selber in Gefahr sei, sich eventuell bei Luise angesteckt zu haben oder nicht. "Wann genau hat Luise sich denn bei Kampmanns aufgehalten?"

„Keine Ahnung", antwortete Matthias. „Wieso?"

„Na ja, ich glaub, es war in der letzten Woche, als ich hinter Luise an der Kasse im Supermarkt stand. Es dauerte zwar nicht lange, aber so zwei bis drei Sätze haben wir schon gewechselt. Oh mein Gott! Was muss ich denn jetzt machen?"

„Nun werd´ man nicht hysterisch! Dabei wird schon nichts passiert sein." Matthias schüttelte den Kopf. „Wenn ich geahnt hätte, dass du da so ein Eklat draus machst, hätte ich dir das nicht erzählt."

„Aber was muss ich denn jetzt tun? Muss ich jetzt auch in Quarantäne? Dürfen die Jungs noch kommen? Was ist mit unseren Gästen in der Ferienwohnung. Es wäre nicht auszudenken, wenn ich sie angesteckt hätte."

„Mach dich doch nicht verrückt. Du hast doch nichts. Nicht mal einen Schnupfen."

„Aber heute Morgen hatte ich so ein Kratzen im Hals." Rieke hielt sich die Hand an den Kopf. „Ich glaube, ich habe Fieber. Ist Fieber nicht auch ein Zeichen?"

Matthias verdrehte die Augen. Was sollte das denn? Normalerweise war seine Frau nicht so paranoid.

„Ich werde mal messen", meinte Rieke. „In der Zwischenzeit kannst du Luise mal anrufen, ob sie einen Test hat machen lassen. Ich traue ihr zu, dass das auch noch nicht passiert ist. Und falls sie einen gemacht hat, dann frage, ob sie das Ergebnis schon hat", fügte sie hinzu und verschwand, um das Fieberthermometer zu holen.

Matthias griff zum Telefon. Es schadet ja nichts, wenn ich noch mal nachfrage, dachte er.

Als Rieke zurückkam, beendete er gerade das Gespräch. „Also, du kannst dich wieder beruhigen, Rieke. Hannes sagt, Luise hätte einen Test gemacht und gerade das Ergebnis erhalten, dass er negativ sei."

„Da hat sie noch mal Glück gehabt, sonst hätte ich ihr auch den Kopf abgerissen", schimpfte Rieke erleichtert. „Übrigens habe ich auch kein Fieber. Das war wohl nur die Aufregung, weswegen ich mir so warm vorkam."

Oktober 2020

Ende Oktober ist die Zahl der Infizierten so hoch wie nie zuvor. In Deutschland steckten sich jeden Tag Fünfzehntausend Menschen mit dem gefährlichen Virus an. Die Kapazitäten der Krankenhäuser waren im Bereich Intensivbetten ausgeschöpft. Dennoch meldete die Polizei Hannover, das sie bei Kontrollen in der Innenstadt mehrere Läden und Geschäfte, darunter sogar einen Friseurbetrieb, wegen Verstöße gegen die Corona-Auflagen schließen mussten.

Die Kanzlerin verkündete, dass sie gemeinsam mit den Ministern beschlossen hat, einen zweiten Lockdown zu erlassen. Ein sogenannter Lockdown-light sollte das Infektionsgeschehen aufhalten, wenn nicht sogar die Zahl der Neuerkrankungen abmildern.

Bei Rieke setzte wieder eine Schockstarre ein. Sie hatten doch alles dafür getan, damit es nicht zu einer weiteren Schließung kam. Hände waschen, Masken tragen, Abstand halten, nur die notwendigen Treffen abhalten und private ganz zu unterlassen. Sie und ihr Mann hatten sich im Frühjahr Gedanken darüber machen müssen, ob aufgrund der allgemeinen Sperrungen die Pflanzkartoffeln rechtzeitig eintreffen würden. Nun hofften sie, dass die Auslieferung der geernteten Kartoffeln möglich war. Ständig die

Angst im Nacken, dass sich einer von Ihnen ansteckte. Dazu kam noch die Sorge um Ben.

Er hatte das Jahr über viel Kurzarbeit gemacht. Das Gehalt, das er damals bekommen hatte, war schon aus diesem Grund geringer gewesen als es normalerweise war. Nach dem Hauskauf und den damit verbundenen Kosten war das Geld sowieso schon knapp. Dann hatte er noch diese schöne Hochzeit gefeiert. Rieke hatte sie gar nicht so richtig genießen können, weil sie sich ständig Sorgen darüber machte, dass sich jemand dabei infizieren könnte. Aber während der darauffolgenden zwei Wochen hatten sich bei den Gästen keine Symptome gezeigt. Es war alles noch einmal gut gegangen. Gott sei Dank, hatte sie gedacht und beschlossen, dass sie wieder in die Kirche wollte.

Wie anders war es in diesen Zeiten, das Gebäude zu betreten. Die Pastorin begrüßte die Gottesdienstbesucher mit einer Maske im Gesicht. Am Eingang bekam man einen Spritzer Desinfektionsmittel zum Desinfizieren der Hände. Anschließend wurden die Kontaktdaten der Besucher notiert. Die Sitzplätze waren markiert worden, um die Abstände zu gewährleisten. Sitzkissen waren entfernt worden, so das Rieke wie alle anderen Gottesdienstbesucher auf der kalten Bank Platz nehmen musste.

Zu Beginn ihrer Predigt wies die Pastorin darauf hin, dass während dieser Zeit nicht gesungen werden könne, deshalb spiele der Organist ohne Gesang. Mitsummen sei aber ausdrücklich erwünscht.

Wie schade, fuhr es Rieke in den Sinn. Wie sehr hatte sie sich durch ihren Besuch in der Kirche ein Stück Normalität gewünscht. Sie fühlte sich betrogen. Betrogen um die Hoffnung, dass alles doch gar nicht so schlimm sei, wie sie es empfand. Dass es irgendwo einen Platz gab, wo alles noch sei, wie vor der Pandemie. Wenigstens für eine Stunde hatte sie gehofft, die Gedanken und Sorgen ausschalten zu können. Aber sie wurde unsanft aus ihrem Traum geweckt und mit der Realität konfrontiert. Nichts war, wie sie es sich ersehnt hatte. Sie schreckte hoch, als ob sie gehört hätte, dass jemand ihren Namen rief. Die Pastorin sagte: „Wir können es nicht ändern. Deshalb sollten wir es annehmen. Glaubt mir! Wenn ihr es annehmt und euch damit abfindet, dann geht alles besser. Dann geht es euch besser", setzte sie ihrer Predigt mit Nachdruck hinzu.
Vielleicht ist das so, dachte Rieke, vielleicht ist alles nur Kopfsache. Ich weiß, dass es anderen viel schlechter geht als uns. Wir haben ein Haus, einen Garten und die Kinder, die uns immer noch

besuchen. Sie sind sowieso mehr bei uns als in ihrem eigentlichen Zuhause.

Tatsächlich konnte Mona nicht mehr im Homeoffice arbeiten, weil der Chef seinen Angestellten unterstellte, sie würden dort ihre Arbeiten nicht erledigen. Trotz allem mussten die Jungs betreut und bekocht werden, wenn sie aus der Schule nach Haus kamen. Dann gingen sie zu Oma Rieke, das hatte die Familie auch vor Corona häufig so gehandhabt.

Und Matthias? Er litt unter einer Schilddrüsenunterfunktion hatten die Ärzte nach vielen Untersuchungen festgestellt. Mittlerweile bekam er Tabletten dagegen. Rieke konnte feststellen, dass er nicht mehr so unbeherrscht reagierte, sondern ruhiger und sachlicher geworden war. Er war wieder der Mann, in den sie sich vor Jahrzehnten verguckt hatte.

Trotzdem waren für Rieke nicht alle Probleme automatisch gelöst. Um Kasimir und Jonathan vom Fernseher oder Computer wegzulocken, war sie in anderen Jahren oft mit ihnen ins Freibad oder zum Sport gefahren. Aber auch diese Freizeitmöglichkeiten waren gesperrt oder verboten. Opa Matthias konnte die Jungs genauso wenig ständig beschäftigen. Erst recht nicht, wenn er mit seinem Transporter unterwegs war.

Wenn Rieke ihnen anbot, mit ihnen zu basteln, dann verdrehten die beiden die Augen. Schließlich wären sie keine Kleinkinder mehr. Die Lösung erschien im Nachhinein ganz einfach. Eines Tages begann Kasimir aus Langeweile, den Rand der Zeitung zu bemalen.

Matthias war es gleich aufgefallen. Als er beim Kaffee am Nachmittag die Tageszeitung aufschlug, blickte er auf Trolle und Kobolde, die jemand kunstvoll in die Ecken gezeichnet hatte. Versteckt hinter dem Blatt lächelte Matthias über diese mit Kugelschreiber kreierten Gebilde. Jeder Troll hatte anderes Haar und eine knorpelige Nase. Jeden Kobold zierten spitze Ohren und schlanke Gliedmaßen mit außergewöhnlich großen Händen und Füßen.

„Wer war das?" Matthias versuchte absichtlich einen ernsten Ton anzuschlagen. „Wer hat meine Zeitung beschmiert?"

Kasimir rutschte auf seinem Stuhl immer tiefer, während Jonathan, der nicht wusste, worum es ging, unschuldig dreinblickte. „Wieso? Was ist denn", fragte der ältere Jonathan.

Matthias legte die Zeitung aufgeschlagen auf den Tisch und zeigte mit dem Finger auf die Zeichnungen: „Na das hier!"

„Ich glaube", stotterte Kasimir, „ich glaube, das war ich."

„Was heißt, ich glaube? Warst du es oder warst du es nicht?"

„Doch das war ich", gab Kasimir kleinlaut zu. „Aber ich wusste doch nicht, dass ich das nicht darf, Opa. Du kannst immer noch alles lesen, oder?"

„So, so kann ich das", scherzte Matthias. „Ist ja auch nicht schlimm. Wollte bloß wissen, wer der Künstler war. Der hat nämlich vergessen, seinen Namen zu hinterlassen. Wenn du das warst, dann musst du das noch nachholen. Vielleicht kann ich dein Werk später mal verkaufen. Wenn du eine Berühmtheit bist, dann ist es bestimmt viel wert."

„Echt Opa?" Kasimir war erleichtert und erstaunt zugleich. „Glaubst du wirklich, dass man damit Geld verdienen kann?"
„Aber was meinst du denn?" Matthias dachte kurz nach. „Kennst du Tim und Struppi?"

Kasimir zog eine krause Stirn und sah seinen Opa verständnislos an.

„Oder Asterix und Obelix?"

„Die aus dem Fernsehen?" Jonathan mischte sich in das Gespräch ein.

„Jaa", antwortete Matthias vorsichtig. „Aber ich meine eigentlich die Hefte. Wisst ihr, lange bevor die Filme gedreht wurden, gab es kleine Bücher, sogenannte Comics mit Geschichten von Asterix und Obelix. Und die sind heute für Sammler mächtig viel Geld wert."

„Meinst du, dass meine Zeichnungen auch so gut sind, dass sie verfilmt werden?" Kasimir strahlte seinen Opa an.

„Noch nicht, aber wer weiß, wenn du fleißig übst. Schließlich haben die Zeichner von Comichelden alle klein angefangen."

Kasimir war begeistert. Er begann sofort nach Papier und Stiften zu suchen, um seine Fähigkeiten weiter unter Beweis zu stellen.
Jonathan, der seinem kleinen Bruder in nichts nachstehen wollte, tat es ihm gleich. Einträchtig saßen die beiden wochenlang nachmittags bei Oma und Opa am Küchentisch und malten Kobolde und Trolle.

Eines Abends betrachtete Rieke die Bilder im Wohnzimmer, während der Fernseher lief. In den

Nachrichten wurde darüber berichtet, dass der amtierende Präsident der USA auch mit Corona infiziert sei.

„Geschieht ihm recht", sagte Rieke zu Matthias. „Dieser eingebildete Kerl, der seine blonden Haare föhnt, als versuchte er damit einen Schirm zu formen, der ihm Schatten spendet."

Sie mochte diesen Menschen nicht und hatte sich bereits bei dessen Amtseinführung vor vier Jahren gewundert, dass die Amerikaner ihn gewählt hatten. Riekes Meinung nach war er zu sehr von sich eingenommen. Seine Entscheidungen zum Thema Einwanderung oder Waffenrecht hielt sie nicht für richtig. Aber auch seine Äußerungen über Schwarze und Homosexuelle konnte sie nicht verstehen. Er war doch ein Präsident und müsse den Zusammenhalt in einem Volk stärken und nicht zerstören.
Ein Vorbild für die Menschen ist er jedenfalls nicht, eher ein abschreckendes Beispiel", dachte Rieke als ihr Blick auf das Bildnis eines kleinen Trolls mit blonden Haaren fiel. An wen erinnerte der sie nur?

November 2020

Im November schloss die Regierung wieder alle Restaurants, Kneipen und Bars. Anders wusste man sich nicht mehr gegen den Anstieg der Infektionszahlen zu helfen. Alles Mahnen und Drohen hatte nichts genutzt. Es gab immer mehr Tote, die an oder mit Corona gestorben waren. Was für eine Kränkung sollte für die Infizierten in dieser Situation die Frage nach Weihnachten bedeuten. Sie wussten nicht einmal, ob sie das Christfest noch erleben würden.

Immer wieder kam die Frage auf: „Gibt es in diesem Jahr ein Weihnachten." Die Kirchen wurden nicht müde zu betonen, dass Weihnachten immer ist. Egal ob es schneite oder nicht, ob Restaurants geöffnet hatten und dort Weihnachtsfeiern stattfinden konnten oder eben nicht. Oder ob eine Epidemie herrschte. Es stellte sich nur die Frage, wie man das Fest in diesem Jahr begehen würde. Die Regierung äußerte sich vorsichtig und betonte immer wieder, wenn die Zahlen rückläufig seien, dann könne man die Einschränkungen lockern. Bislang war daran nicht zu denken.

Nach Luises letzter Teilnahme an einer Demonstration in Berlin hatten Hannes und sie sich endgültig zerstritten. Luise war gemeinsam mit ihren Querdenkerfreunden extra in die Hauptstadt gereist, um an einer Kundgebung teilzunehmen. In dem Demonstrationszug hatten Eltern ihre Kinder in den vordersten Reihen mitlaufen lassen. Ob das aus Berechnung geschehen war oder aus Dummheit - niemand wusste es. Fakt war, dass die zur Unterstützung der Polizei angeforderten Wasserwerfer nur mit leichtem Strahl zum Einsatz kamen, um diese Kinder nicht zu gefährden.

Hannes hatte das Szenario im Fernsehen beobachtet. Dass Luise Seite an Seite mit Randalierern und gewaltbereiten Nazis marschierte, hatte er schon nicht verstanden. Aber diese Bilder waren schrecklich.
Als Luise nach Hause kam, ließ er seiner Wut freien Lauf. Wie konnte sie sich mit Leuten zusammenschließen, die Kinder als Schutzschilde missbrauchen würden. Das brachte das Fass zum überlaufen. Er zweifelte offen an ihrem Verstand, schnappte seinen Koffer, der gepackt auf dem Flur stand und griff nach seinem Mantel.

„Reg dich nie mehr über die Medien auf. Ihr habt mit eurem Verhalten alles dafür getan, euch selber ins Aus zu schießen", sagte er beim Hinausgehen.

„Aber wo willst du denn hin?" Luise sah ihn entgeistert an.

„Ich fahre erst einmal zu Josefine. Ich brauche Abstand, sonst könnte es sein, dass mir die Hand ausrutscht."

„Wann kommst du wieder", fragte seine Frau.

„Ich weiß es nicht." Hannes drehte sich um und verließ das Haus.

Nachdem er die Tür hinter sich geschlossen hatte, stand Luise noch einige Zeit wie angewurzelt da und blickte auf das Türblatt, als könne sie wie durch Glas hindurchschauen. Dann setzte sie sich auf einen Stuhl und starrte verwirrt auf die gemusterte Tischdecke, die vor ihr lag. Was sollte das? Was war in ihn gefahren. Wieso verurteilte Hannes sie jetzt.

Als sie gleich beim ersten Lockdown im März nicht **mehr hatten arbeiten können**, bekamen sie zwar kaum noch Geld, aber sie lebten von den Ersparnissen, und hatten Zeit – viel Zeit.

Ständig waren sie gemeinsam auf Demonstrationen gewesen.

Seit einigen Wochen war es nicht mehr so. Aber er hatte gesagt, er hätte keine Zeit, sie zu begleiten.

Wann hatte sich seine Einstellung so verändert? Luise musste sich eingestehen, dass der Besuch der Demos zu Beginn der Pandemie ein großer Spaß war. Hannes und sie gefielen sich in der Rolle der Querdenker. Sie gehörten nicht zu denen, die sich alles bieten ließen. Sie wollten ihr Recht auf Selbstbestimmung durchsetzen. Bei den Demos waren sie auf viele interessante Menschen gestoßen, die aus ähnlichen Gründen mitmarschierten. Abends „nach getaner Arbeit" saßen dann die Gleichgesinnten gemütlich bei einem Glas Wein zusammen und verbrachten eine vergnügte Zeit miteinander. Selbstverständlich alles ohne Abstand zueinanderzuhalten oder Masken zu tragen. Sie lebten wie vor der Pandemie und wollten sich diese Unbeschwertheit auch nicht nehmen lassen. Sie hatten ihren Spaß dabei.

Dass sie sich im ganzen Dorf mit ihrem Verhalten unbeliebt machten, weil sie vehement auf ihr vermeintliches Recht zur Selbstbestimmung pochten und damit überall aneckten, das war für sie nur ein weiterer Beweis dafür, dass sie selber auf dem richtigen Weg waren. Die Nachbarn waren für sie nur Schafe, die in der Herde mitliefen.
Sie konnte nichts erschüttern, denn sie und Hannes hielten zusammen.

Bis jetzt! Nun war er weg. Warum? Es war alles gut gewesen.

Luise verstand es nicht. Wütend schlug sie mit der flachen Hand auf den Tisch. Nein, ich lasse mir das nicht vermiesen. Es ist schon alles schlimm genug, dachte sie. Ich fahre zu Sven und Sibylle. Vielleicht kann ich ihnen bei der Organisation der nächsten Demo helfen.

Luise griff nach ihrer Reisetasche und ging in Richtung Haustür. Als sie ihre Jacke von der Garderobe nahm, fiel ihr Blick auf den Haustürschlüssel, den sie beim Eintreffen dort abgelegt hatte. Für einen kurzen Moment hielt sie inne und überlegte. Dann schüttelte sie den Kopf, ließ sie den Schlüssel liegen und verließ das Haus. Sie wusste, sie würde nicht mehr zurückkommen.

Rieke hatte die Novembertage genutzt, um die Ferienwohnung auf Vordermann zu bringen. Die Zimmer schrien förmlich nach einem Neuanstrich. Neue Gäste konnte sie zurzeit wegen des erneuten Lockdowns nicht beherbergen. Ab wann es wieder erlaubt sein würde, das stand noch in den Sternen.

„Ohh", stöhnte sie laut, als sie die Trittleiter zum wiederholten Male hinaufstieg. Entsetzt stellte sie fest, dass sie sehr schnell außer Atem kam. Ich habe überhaupt keine Kondition mehr, dachte sie. Das sind jetzt aber ein paar Kilos zu viel, die ich mir während der vergangenen Monate angefuttert habe.

Sie griff sich mit einer Hand in die Hüfte. Kein Wunder, dass die Hosen kniffen. Aber Marie hatte gesagt: „Es ist egal, ob die Hose kneift, man braucht ja keine anzuziehen."

Stimmt! Lange schon hatte sie sich nicht mehr schick angezogen, geschweige denn geschminkt. Bestimmt wird als nächstes die Lippenstiftindustrie Pleite gehen. Jetzt, wo alle Masken tragen, dachte sie. Gleich nach der Gastronomie und den Hotels. Wer von denen jetzt noch überlebt? Ich bin gespannt.

Sie blickte auf die Uhr. Schon so spät. Sie musste Essen kochen. Gleich würden Matthias und die Jungs kommen. Einkaufen musste sie vorher auch noch.
Sie ließ den Pinsel in den Farbeimer fallen, wischte sich notdürftig die Hände ab und fuhr los. Fünf Minuten später kam sie auf dem Parkplatz vor dem Supermarkt an. Eigentlich hätte sie stutzig machen sollen, dass es so leer war. Aber im Eifer war ihr nichts aufgefallen, bis sie an die

Eingangstür fasste, um sie zu öffnen. Die Tür gab nicht nach. Sie ruckelte noch kurz daran und ärgerte sich innerlich schon darüber, dass der Eingang verschlossen war. Da fiel ihr Blick auf einen großen weißen Zettel, der dort von innen angebracht war.

„Wegen Corona bis auf Weiteres geschlossen".

„Nein", entfuhr es Rieke. Und nun?

Zurück im Auto überlegte sie, was sie tun solle. Sie könnte noch ins Nachbardorf fahren. Aber das würde alles sehr viel Zeit in Anspruch nehmen. Erstens würde die Fahrt hin und zurück mindestens zwanzig Minuten dauern und zum zweiten kannte sie sich in dem anderen Markt nicht so gut aus und müsste sich alles, was sie brauchte mühsam zusammensuchen.

Da fiel ihr ein, sie könnten sich mal wieder etwas zu Essen liefern lassen. Seit Beginn der Pandemie taten sie das öfter, allerdings vorzugsweise am Abend. Aber das heute war ein **Notfall**, fand Rieke. Ob **Notfall** oder nicht, Matthias würde wieder einen Grund haben zu meckern, denn das bestellte Essen würde um einiges mehr kosten als selbst gekocht und der Müllberg, der sich bei Ihnen durch die Essenslieferungen ansammelte, war auch bedenklich. Dabei hatten sie in 2019 sehr darauf geachtet, sich nachhaltiger zu verhalten. Sie hatten sich eine gelbe Tonne kommen lassen, damit sie nicht diese überflüssigen gelben Säcke benutzen mussten. Sie hatten gewissenhaft Mülltrennung betrieben. Sogar die Verpackungen mit den Kunststoffsichtfenstern hatten sie auseinandergerissen, um sie getrennt voneinander zu entsorgen. Als Zweitwagen fuhr Rieke ein E-Auto und die Heizung wurde von Solarzellen unterstützt, die sich auf dem Dach ihres Hauses befanden. Aber seit Corona redete kaum noch jemand über Umweltverschmutzung. Alles drehte sich um die neue Krankheit und die damit verbundenen Ansteckungen. Und jetzt hatte es scheinbar auch Verkäufer aus ihrem Supermarkt getroffen. Was würden die Leute tun, die kein Auto hatten, um mal eben ins Nachbardorf zu fahren? Oder die es sich nicht leisten konnten, Essen zu bestellen?

Wieder stellte Rieke fest, dass Matthias und sie eigentlich überhaupt keinen Grund zum Klagen hatten. Dennoch empfand sie die Situation als überaus belastend.

Eine Ablenkung fand sie in diesen Tagen durch die amerikanischen Wahlen. Der amtierende Präsident war letztendlich der scheidende Präsident der USA. Es hatte Tage gedauert, bis das

Ergebnis feststand. Der Republikaner hatte sich durch seine menschenverachtende Art nicht nur Freunde gemacht, sondern auch Gegner zur Wahlurne getrieben, die ihn nicht noch weitere vier Jahre in diesem Amt hatten sehen wollen.

Die **Wahlen** waren von großem Spektakel um seine Person überschattet. Immer wieder zweifelte er das Ergebnis an und behauptete, dass ihm die **Wiederwahl** von den Demokraten gestohlen worden wäre. Unter seinen Fans, die patriotisch mit der amerikanischen Flagge in die Kameras winkten, befanden sich **auch** Anhänger der **QAnon-Bewegung**. Sie waren Rieke aufgefallen, weil sie sie **auch** schon in den Berichterstattungen der Querdenkerdemos vor dem Reichstag in Berlin gesehen hatte. **Eigenartig wunderte sie sich.** Sie war der Meinung gewesen, dass **QAnon** eine Organisation in Deutschland wäre. Vielleicht sollte sie sich informieren, worum es dabei eigentlich ging.

Dezember 2020

Im Dezember war wieder alles geschlossen. Die Zahl der Infizierten ging nicht zurück und auch die Todeszahlen stiegen täglich auf über eintausend. Die Gastronomen hatten genauso wie die Ladenbesitzer auf ein gutes Weihnachtsgeschäft gehofft. Es gab keine Jahresabschlussfeiern der Firmen und Vereine, denn erstens herrschte Kontaktverbot und zweitens hatten sämtliche Restaurants weiterhin dicht. Hinzu kam, dass auch Bekleidungsgeschäfte, Nippesläden, Friseure, Nagel- und Kosmetikstudios schließen mussten. Nun machte man sich darauf gefasst, dass sie nach der Krise vermutlich Insolvenz anmelden würden. Nur Lebensmittelgeschäfte und Drogerien durften öffnen. Die ortsansässigen Hofläden erlebten einen nie da gewesenen Ansturm. Wenn man sein Geld schon nicht für neue Kleidung und Spielzeug ausgeben konnte, so wollte man wenigstens gut essen.

Ein glücklicher Nebeneffekt wurde dabei aber nicht berücksichtigt. Der Einkauf in solch einem Hofladen bot die Möglichkeit, sich miteinander auszutauschen. Unterhaltung - das war scheinbar das, was den Menschen am meisten fehlte. Reden und sich dabei ins Gesicht schauen, ohne ein Hilfsmittel wie Handy oder Monitorbildschirm.

Das hatten auch die Betreiber der Hofläden erkannt und sich mehr Zeit für den zwischenmenschlichen Kontakt genommen, als es sonst der Fall gewesen war. Klatsch und Tratsch blieben dabei meist aus, denn weil man sonst selten unterwegs war, hatte man sich auch weniger zu erzählen. Also mussten das Wetter oder die Politik erhalten. Aber man konnte es drehen und wenden, wie man wollte, letzten Endes drehten sich alle Gespräche wieder um Corona. Wie hoch der Inzidenzwert im eigenen Landkreis oder im Nachbarkreis sei und warum die Zahlen immer noch stiegen, obwohl doch jeder der Meinung war, dass er sich an alle Beschränkungen hielt.

Matthias brachte es schließlich auf den Punkt. „Quatsch", sagte er, „wenn sich alle daran hielten, hätten wir diesen Anstieg nicht." Die große Frage war nur: Warum hielten sich Menschen nicht mehr an die Auflagen?

Vermutlich war die Erklärung ganz einfach: Sie hatten keine Geduld mehr. Sie wollten raus und ihr Leben wieder in die eigenen Hände nehmen und sich nichts diktieren lassen. Denn der Erfolg der Quarantäne stellte sich nicht ein. Die Medien taten ihr Übriges dazu. Die Regenbogenpresse stellte die Maßnahmen ebenso infrage wie einschlägige soziale Netzwerke im Internet. Diese entpuppten sich als gefährlich, weil sie ungeprüft

Nachrichten verbreiteten, die größtenteils nicht der Wahrheit entsprachen. Durch großaufgezogene Überschriften sorgten sie immer wieder für Unfrieden. Der Gesundheitsminister hatte schon früh gesagt: „Nach der Pandemie werden wir uns vermutlich viel verzeihen müssen."

Seit ein paar Wochen gab es Meldungen, dass ein Impfstoff gefunden sei, der demnächst zugelassen werden würde. Nun diskutierte man heftig darüber, ob so ein Wirkstoff, der innerhalb nicht einmal eines Jahres entwickelt und auf den Markt gebracht werde, auch vertrauenswürdig sei. Es wurden Stimmen lauter, die sagten, sie würden darauf verzichten, sich impfen zu lassen. „Erst mal abwarten, welche Nebenwirkungen er hat", war die allgemeine Meinung.

Auch Rieke und Matthias waren dieser Ansicht. Schließlich gehörten sie weder dem Alter nach zu den ersten, die geimpft werden würden, noch gehörten sie zu einer Risikogruppe. Also würden sie alles erst einmal aus der Ferne beobachten und sehen, wie der Impfstoff auf andere wirken würde.

Doch schon bald änderten sie ihre Denkweise. Was hätten sie denn zu verlieren. Das Leben? Das konnte ihnen durch Corona oder einem Autounfall auch passieren. Und wie sonst sollte man eine Herdenimmunität erreichen, wenn nicht durch Massenimpfungen? Das Für und Wider der Impfungen abwägend, führte dazu, ihre Entscheidung zu verwerfen. Wenn sie an der Reihe wären, dass sie geimpft werden würden, würden sie die Chance ergreifen.

Die Adventszeit und das Weihnachtsfest verliefen in diesem Coronajahr dann auch so ganz anders.

Die evangelische Kirche wollte es nicht riskieren, als neuer Hotspot in die Geschichte einzugehen und sagte den Gottesdienst am Heiligen Abend ab. Stattdessen ging man neue Wege. Die Pastorin sendete ihre Andacht per Videochat. Der Posaunenchor spielte mit reichlich Abstand an verschiedenen Plätzen des Ortes, sodass jeder, der sein Fenster öffnete, zuhören konnte. Matthias und Rieke lauschten den Klängen, während er sie zärtlich in seinen Arm zog. So romantisch war es zwischen ihnen schon lange nicht mehr zugegangen.

Am späten Abend des vierten Advents war eine Karawane aus weihnachtlich geschmückten und mit Lichterketten beleuchteten Treckern durch die Straßen gezogen. Sie drehten eine Extrarunde vor dem Seniorenheim und trugen bei allen Zuschauern zur Unterhaltung bei.

Immer wieder kam jemandem eine Idee, wie man den Menschen eine Freude machen konnte.

Trotzdem blieb die Sorge um den Geschenkekauf. Da alle Geschäfte geschlossen hatten, boomte der Onlinehandel mehr als sonst. Die Transportunternehmen und Lieferanten hatten reichlich zu tun, die Pakete auf schnellstem Wege zu verteilen. Matthias sagte immer, wenn einer arbeitslos sei, weil er keine Möglichkeiten zum Kellnern hatte, dann könnte er bei der Post anfangen. Die hätten jetzt viel mehr zu tun als vor dem Lockdown.

Rieke machte sich mehr Sorgen um den Müllberg, der bei ihnen durch diverse Paketanlieferungen anstieg. Wo sollte das alles noch hinführen?

„Auf jeden Fall müssen wir im kommenden Jahr mehr Müllgebühren zahlen", erinnerte Matthias. „Glücklicherweise haben wir einen Ofen. Da hat die ganze Kartonage und das Papier wenigstens noch den Zweck, uns zu wärmen."

Rieke und Matthias hatten am Heiligen Abend gemeinsam mit Mona, Helge und den Jungs zusammengesessen. Wegen der Kontaktbeschränkungen waren Ben und Anna zu Annas Eltern gefahren, um ihn dort zu verbringen.

Niemand aus dieser Familie war an diesem Abend allein geblieben.

Kasimir hatte seinem Opa ein ganzes Schulheft voll mit Trollen und Kobolden geschenkt, die er selbst gezeichnet hatte. Feierlich überreichte er ihm mit beiden Händen das Geschenk und sagte: „Hier Opa, vielleicht macht es dich ja mal reich."

Alle, die im Vorfeld den voraussichtlichen Verlauf des Christfestes bejammert hatten, weil es unter Coronabedingungen anders sein würde als sonst, wurden eines Besseren belehrt. Ja, es war anders, aber schön war es trotzdem und für manch einen sogar besinnlicher als üblich.

Silvester 2020/2021

Irgendwann wird diese Pandemie einmal zu Ende sein. Dann werden wir sehen, wie viele Narben sie hinterlassen hat, dachte Rieke.

Die Tür ging auf und sie schreckte hoch. Matthias kam zurück ins Wohnzimmer. „Habe ich dich geweckt", fragte er.

„Ich wünschte, das hättest du", antwortete Rieke, „dann hätte ich das alles nur geträumt. Aber leider war es nicht so. Ich habe über das vergangene Jahr gegrübelt. Was wohl aus Luise geworden ist?"

„Ich habe Hannes gerade auf der Straße getroffen", erwiderte Matthias. „Sie lassen sich scheiden. Josefine zieht mit ihrer Familie zu ihm ins Haus. Das ist ja auch groß genug für zwei Parteien."

„Josefine kommt zurück? Ach, wie schön. Da wird Ben sich aber freuen. Die Beiden haben sich immer so gut verstanden."

„Von Marie und Rainer soll ich auch grüßen. Sie wünschen uns ein frohes neues Jahr. Stell dir vor, die planen schon wieder ihren Urlaub. Sie wollen sich impfen lassen und dann geht es wieder in die weite Welt."

„Aber ist doch schön, wenn sie nach vorne blicken können." Rieke gähnte müde. „Ich gehe ins Bett, damit ich morgen fit bin."

„Wieso? Was machen wir morgen?"

„Leben", antwortete Rieke. „Einfach leben."

Autorenporträt

Ilena Grote wurde im niedersächsischen Celle geboren. Heute lebt sie gemeinsam mit ihrem Mann in Langlingen, am Rand der Lüneburger Heide.
Zu ihren früheren Büchern gehören:

Eine Reise im Advent

Die AllerFrauen „FastenzeitPlus"

Die AllerFrauen „Weihnachtsmarkt in Hobo"

Die AllerFrauen „Krippenspiel mit Esel"

Das Buch „Im Jahr der Masken" ist ihr fünftes veröffentlichtes Werk.
Die Handlung und alle handelnden Charaktere sind frei erfunden. Jegliche Ähnlichkeit mit lebenden oder realen Personen wäre rein zufällig. Den Hintergrund bildet die Corona-Krise, die im Jahr 2020 die gesamte Welt in Atem hielt.